W0375713

BASTEI
LÜBBE

Folgende Romane aus der Reihe ›Die Delaneys‹
sind bisher bei Bastei-Lübbe erschienen:

›Die wilden Jahre der Delaneys‹

58 500 Der stolze Falke
58 501 Der Glanz des Goldes
58 502 Silver, das Halbblut
58 503 Russische Nächte
58 504 Flammende Leidenschaft
58 505 Gezähmtes Herz

›Die wilden Frauen der Delaneys‹

58 506 Sydney – die Verführerin
58 507 Adelaide – die Ungezähmte
58 508 Matilda – die Abenteurerin

›Die wilden Männer der Delaneys‹

58 509 Burke, der Eroberer

Die wilden Männer der Delaneys

Iris Johansen

YORK – DER UNBESIEGBARE

Roman

Ins Deutsche übertragen
von Katharina Braun

BASTEI
LÜBBE

BASTEI-LÜBBE-TASCHENBUCH
Band 58 510

Erste Auflage: Juni 1991

© Copyright 1987 by Iris Johansen
Published by arrangement with Bantam Books,
a division of Bantam
Doubleday Dell Publishing Group, Inc.
Die Romane der Trilogie ›Die wilden Frauen der Delaneys‹ stammen aus der amerikanischen Taschenbuchreihe ›Loveswept‹
LOVESWEPT® is a trademark of Bantam Books,
a division of Bantam
Doubleday Dell Publishing Group, Inc.
All rights reserved
Deutsche Lizenzausgabe 1991
Bastei-Verlag, Gustav H. Lübbe GmbH & Co., Bergisch Gladbach
Originaltitel: The Chamrock Trinity: York, the Renegade
Lektorat: Katharina Woicke
Titelillustration: Pepe Gonzalez/Norma Agency, Barcelona
Umschlaggestaltung: Quadro Grafik, Bensberg
Satz: VID Verlags- und Industriedrucke GmbH & Co. KG,
Villingen-Schwenningen
Druck und Verarbeitung:
Brodard & Taupin, La Flèche, Frankreich
Printed in France
ISBN 3-404-58510-9

Der Preis dieses Bandes versteht sich einschließlich
der gesetzlichen Mehrwertsteuer.

Prolog

Angeblich stammten die Delaneys von irischen Königen ab und waren daher mit vielen europäischen Adelsfamilien verwandt. Eine Behauptung, die natürlich schwer zu widerlegen war, da sich ein ganzer Ozean zwischen den Delaneys und ihren ›aristokratischen Verwandten‹ befand.

Zum Glück für die Delaneys.

Denn zuweilen erwähnte der alte Shamus auch andere Vorfahren – Viehdiebe, Halsabschneider und Schmuggler –, allerdings erst nach einer anständigen Portion irischen Whiskys, der Shamus' Zunge zu lockern und ihn zu derartigen Enthüllungen zu veranlassen pflegte. In nüchternem Zustand hingegen hielt er eisern an der Behauptung fest, adeliger Herkunft zu sein. Und wehe dem, der es wagen wollte, seine Worte anzuzweifeln!

Sie waren schon eine ansehnliche Familie, die Delaneys: groß, kräftig und mit wachem Verstand und rascher Auffassungsgabe gesegnet. Fast alle hatten schwarzes Haar, aber ihre Augenfarbe variierte von grün bis himmelblau. Nur jeweils ein Delaney pro Generation wurde mit ausdrucksvollen schwarzen Augen geboren, die wütend funkeln oder den berühmten Delaney-Charme versprühen konnten, wenn sie lächelten.

Denn Charme besaßen die Delaneys, das war nicht abzustreiten, und daß sie ihr Reich eigenhändig geschaffen hatten, war ebenfalls offensichtlich. Aristokraten waren sie vielleicht nicht, aber wäre Arizona ein eigenständisches Land gewesen, hätten die Delaneys als Könige darüber regiert.

Wie auch immer es sich mit seiner Herkunft verhalten mochte, Shamus Delaney zeugte starke Söhne, die ihren Kindern wiederum all das vererbten, was zum Aufbau eines Empires gehörte. Sie verteidigten verbissen ihr Land und gewannen immer mehr dazu, bis ihr Reich sich schließlich über fünf Staaten erstreckte. Die verschiedensten Geschäfte wurden begonnen, einige beibehalten, andere aufgegeben. Und wann immer die Männer der Delaneys dazu aufgerufen wurden, griffen sie zu den Waffen und zogen in den Krieg.

Viele kamen nicht zurück.

In der ersten Generation verliebte sich ein Delaney in ein Apachenmädchen, und das Blut einer weiteren stolzen Rasse bereicherte die Erbmasse der Familie. Irgendwann vor der Jahrhundertwende heiratete eine Delaneytochter einen echten spanischen Grafen, der sich auf eine königliche Abstammung berufen konnte. Sie verlor ihren Mann sehr jung, doch da ihre Tochter einen Cousin des Delaneyzweigs der Familie ehelichte, konnten sie sich nun tatsächlich mit königlichem Blut brüsten.

Sie waren vorsichtige, umsichtige Menschen, die Delaneys, und besaßen genug Sinn für Zusammenhalt, um den gelegentlichen Zwistigkeiten standzuhalten, die so viele große Familien auseinanderreißen. Zwar war auch ihr wirtschaftliches Wachstum den zu jener Zeit üblichen Schwankungen unterworfen, doch das sprichwörtliche Glück der Delaneys verließ sie nie, und so gelang es ihnen mit der Zeit, eine echte Dynastie aufzubauen. Als Familienwappen und als Symbol wählten sie ein dreiblättriges Kleeblatt.

Sie waren eine gesunde Familie, vom Glück gesegnet, doch nicht unverwundbar. Kriege, Krankheiten und Unfälle forderten ihren Tribut und verringerten die

Anzahl der Familienmitglieder beträchtlich. Schließlich gab es nur noch einen einzigen Delaneysohn, der das ausgedehnte Reich beherrschte, das die Familie aufgebaut hatte. Auch er folgte dem Ruf zu den Waffen und kämpfte in einem Weltkrieg, doch als es vorbei war, folgte er einem anderen – dem Ruf des Heimatlandes seiner Väter. Die Feststellung, daß auch dort der Name Delaney noch bekannt war und respektiert wurde, erfüllte ihn mit Stolz, und er begann das Land zu lieben, das einst seine Vorfahren hervorgebracht hatte.

Aber seine eigenen Wurzeln waren tief im fruchtbaren Boden von Arizona verankert, und irgendwann machte er sich auf den Heimweg. Er nahm eine Braut mit, eine echte irische Schönheit, mit schwarzen Augen und sanfter Stimme, und er schwor sich und ihr, die Delaney-Familie von neuem zu vermehren.

In der Zeit, in der sein Land sich an ein Leben ohne Krieg gewöhnte und seinen wirtschaftlichen Aufschwung begann, machten Patrick Delaney und seine Frau Erin sich daran, ihre eigene Familie zu gründen. Drei Söhne wurden ihnen geboren: Burke, York und Rafe.

Während die Jungen aufwuchsen, wuchs auch das Empire der Delaneys. Patrick war ein geschickter Geschäftsmann, er baute das, was seine Vorfahren geschaffen hatten, weiter aus, bis die Familie tausend Angestellte beschäftigte. Seine Investitionen im Bergbau und in Aktien erwiesen sich als überaus lukrativ. Das alte Stammhaus, Killara, machte dramatische Veränderungen durch und verwandelte sich in einen ausgedehnten, sehr wertvollen Besitz.

Als der einundzwanzigjährige Burke das College besuchte, waren die geschäftlichen Interessen der Delaneys bereits breit gestreut und äußerst komplex. Burke bereitete sich darauf vor, einen Teil der Familiengeschäfte zu übernehmen, während der neunzehnjährige York die High School abschloß und der siebzehnjährige Rafe jeden freien Augenblick auf der alten Shamrock-Ranch verbrachte – auf dem Rücken irgendeines Pferdes.

Dann schlug das Schicksal zu. Während einer Reise nach Irland, zu einem schon viel zu lange aufgeschobenen Urlaub, kamen Patrick und Erin Delaney auf tragische Weise bei einem Flugzeugabsturz ums Leben. Sie hinterließen drei trauernde Söhne.

Drei Söhne – und eine Dynastie.

1

»Mach den Mantel auf, damit du richtig naß wirst.« Chester musterte Sierra Smith kritisch. »Wir brauchen alle Hilfe, die wir kriegen können. York Delaney ist ein zäher Brocken.«

»Kommt nicht in Frage, Chester«, erwiderte Sierra müde. »Ich bin bereits bis auf die Haut durchnäßt. Mach doch *deinen* Mantel auf, wenn du unbedingt Mitleid erregen willst! Vielleicht rührt es ihn und er holt dich aus der Kälte.«

Sierra wünschte, die Kälte nicht erwähnt zu haben. Es brachte ihr den strömenden Regen nur noch deutlicher zu Bewußtsein. Sie wischte sich über die Stirn, aber es war sinnlos, die Geste trieb ihr die Tropfen nur noch stärker in die Augen. Sie murmelte eine Verwünschung, als ihr bewußt wurde, daß sie auch ihr nasses Haar Chesters Einfällen zuzuschreiben hatte. Bevor sie den Parkplatz am Stadtrand verließen, wo die Fahrzeuge ihrer Truppe standen, hatte Chester ihr die Wollmütze abgenommen und sie in seinen Wagen geworfen. Chester war bekannt dafür, daß er seine Auftritte bis ins Kleinste plante ...

»Sei nicht so empfindlich.« Es klang beleidigt. »Ich tue das alles nur für unsere Truppe, Sierra. Oder glaubst du, es machte mir Spaß, mit dem Hut in der Hand zu Delaney gehen und ihn um Erlaubnis bitten zu müssen, dieses gottverlassene Nest zu betreten?«

»Warum sind wir dann hier?« Sierras Füße versanken im Schlamm, und sie waren so kalt, daß sie immer wieder stolperte. »Hell's Bluff kann nicht viele Einwohner haben. Es ist nur eine winzige Bergwerksstadt, oder?«

»Eine *reiche* Bergwerksstadt«, entgegnete Chester. »Wir waren vor zwei Jahren hier und hatten die besten Einnahmen des ganzen Jahres. In Hell's Bluff befindet sich eine der ergiebigsten Kupferminen Arizonas, und sie gehört den Delaneys. Das garantiert den Arbeitern exzellente Bezahlung. Hinzu kommt, daß Delaney nur männliches Personal in der Mine erlaubt, und das bedeutet für uns siebenhundert gelangweilte Bergmänner, die nur auf eine Gelegenheit warten, ihre hervorragenden Gehälter auszugeben. Unsere Truppe wird ein phantastisches Geschäft machen.«

»Nur Minenarbeiter? Ohne Frauen und Kinder? Wieso lassen die Männer sich das gefallen?«

»Geld. Ich sagte doch: Delaney zahlt besser als irgendein anderer Bergwerksbesitzer in ganz Arizona. Frauen sind seiner Ansicht nach ein störendes Element in einer isolierten Stadt wie dieser. Also gibt er seinen Männern alle vier Monate einen Monat Urlaub, damit sie die Berge verlassen und in die Zivilisation zurückkehren können.«

»Zivilisation?« Sierra lachte, aber es endete in einem starken Hustenanfall. Du lieber Himmel, nicht schon wieder, dachte sie erschrocken, als sie endlich zu Atem kam. Der Druck in ihrer Brust war ihr erschreckend vertraut. Nein, sie würde nicht schon wieder krank werden! Daß jeder Atemzug schmerzte, lag nur an dem scharfen Wind in diesen Bergen. »Das klingt, als läge die Stadt in der afrikanischen Wildnis«, sagte sie.

»Afrikanisch nicht, wild ja. Dodge City oder Tombstone in ihrer Blütezeit waren nichts dagegen.« Chester machte eine Pause. »Du hast einen schlimmen Husten«, stellte er besorgt fest. »Du wirst mir doch nicht krank werden?«

»Es ist nur eine Erkältung.« Sierra hoffte inständig, daß sie recht behielt. Sie konnte sich nicht erlauben, krank zu werden. Solange sie kräftig blieb, war sie für Bradys Old Tyme Varietétruppe von Wert, und sie hatte ein Heim und ihr Leben einen Sinn.

»Du solltest besser auf dich aufpassen«, meinte Chester ungehalten.

Sierra hätte fast gelacht. Was für eine absurde Bemerkung, wenn man bedachte, daß er praktisch alles getan hatte, damit sie sich eine Erkältung zuzog! Und doch wußte sie, daß es vermutlich ernst gemeint war mit seinen Worten. Chester war nicht brutal, nur blind entschlossen, wenn es um das Wohl seiner Truppe ging. Manchmal zeigte er sich sogar überraschend verständnisvoll.

»Ich nehme Antibiotika, wenn ich zum Wagen zurückkomme«, sagte Sierra rasch. »Falls wir je zurückkehren. Wie weit ist es noch bis Hell's Bluff?«

»Es liegt hinter der nächsten Biegung. Delaneys Haus steht direkt am Stadtrand.«

»Warum müssen wir ihn überhaupt um Erlaubnis bitten? Wenn du vor zwei Jahren hier warst, mußt du ihn doch kennen.«

»Aus Höflichkeit.« Chester wandte den Blick ab. »Außerdem gehört ihm das einzige Theater in der Stadt.«

»Trotzdem begreife ich nicht, warum du . . .«

»Nun ja, ich hatte einige Schwierigkeiten bei meinem letzten Aufenthalt«, gab Chester zu. »Natürlich war es nicht meine Schuld, aber es wurde behauptet, einer aus unserer Truppe hätte in der Garderobe des Theaters mit gezinkten Würfeln gespielt.«

»Du meinst, sie haben euch aus der Stadt gejagt!« Also war die Sache noch schlimmer, als Sierra vermutet hatte! Chesters Trick, bis auf die Haut durchnäßt vor Delaney zu erscheinen, würde ihm nicht viel nützen. »Kannst du mir dann bitte sagen, was wir mitten in der Nacht in diesen gottverlassenen Bergen machen, anstatt in Tucson oder Phoenix zu sein?« Der Gedanke an warme Wüstenlandschaften erfüllte sie mit Wehmut.

»Es ist nicht mitten in der Nacht, es ist erst kurz nach zehn. Und die Einnahmen sind hier so gut, daß es einen Versuch wert ist. Eine kleine Truppe wie meine kann nicht mit den großen Gesellschaften konkurrieren, die in Städten wie Tucson oder Phoenix auftreten. Du weißt, wie schlecht die Kasse in Prescott war.«

»Ja.« Vor drei Wochen hatten sie eines unerwarteten Schneesturms wegen während des gesamten Engagements kein Publikum gehabt, was fast den Untergang der Truppe bedeutet hatte. »Aber du sagtest, dieser Delaney sei ein zäher Brocken. Wie kommst du auf die Idee, daß er sich in den vergangenen zwei Jahren geändert haben könnte?«

»Das hat er sicher nicht, aber versuchen können wir es trotzdem.« Eine Spur von Grimm klang in Chesters Stimme mit. »Wir brauchen ordentliche Einnahmen, sonst können wir einpacken. Und ich denke nicht daran, wegen einer einzigen Pechsträhne aufzugeben. Also sei bitte brav und schau ihn mit deinen großen schwarzen Augen an, während ich versuche, ein bißchen Mitleid bei ihm zu schinden.«

»Na schön, aber mehr tue ich nicht. Es ist deine Sache, ihn zu überreden.« Das Atmen fiel Sierra immer schwerer. Habe ich noch Penicillin im Wohnwagen? überlegte sie besorgt.

»Mehr brauchst du auch nicht zu tun«, versicherte Chester rasch. »Wenn es mir darum ginge, ihn zu verführen, hätte ich Selma mitgenommen. Du bist für so etwas nicht geeignet, Sierra.«

Sie hätte lächeln können, aber das war es nicht wert. Vermutlich merkte Chester gar nicht, wie beleidigend er war. Natürlich gab Sierra sich keinen Illusionen hin, was ihre Attraktivität betraf. Sie hatte ihre Beschränkungen akzeptiert, lange bevor sie zu Bradys Truppe gekommen war. »Ich meinte, ich habe nicht vor, etwas zu sagen.«

»Das hat auch niemand von dir verlangt. Aber du weißt sehr gut, welchen Effekt dein Gesicht auf Gläubiger und bestechungsgierige Sheriffs hat. Es lohnt sich, es auch einmal bei Delaney zu versuchen.«

Sie kamen um eine Biegung, und Chester streckte den Arm aus. »Da ist es – Hell's Bluff. Delaneys Haus liegt hinter dieser großen Kiefer dort, die große Villa im viktorianischen Stil mit den Türmchen und Kuppeln.«

Im strömenden Regen war fast nichts von der Stadt zu erkennen, aber Delaneys Haus war von zwei Laternen beleuchtet, die sich rechts und links von der breiten Eingangstür befanden. Ihre roten Birnen tauchten die Veranda in ein unwirkliches, pinkfarbenes Licht. »Er muß eine Vorliebe für Rot haben«, bemerkte Sierra. »Die Laternen sind ausgesprochen scheußlich.«

»Ich glaube, sie sind eher seinem merkwürdigen Sinn für Humor zuzuschreiben. Dieses Haus war während des Goldrauschs um 1800 ein Bordell. Als kein Gold mehr zu finden war, verwandelte Hell's Bluff sich in eine Geisterstadt, und erst kürzlich, als das Kupfer entdeckt wurde, hat York Delaney die alten Gebäude restaurieren lassen.«

»Es muß ein Vermögen gekostet haben. So zäh und

hart kann er als Geschäftsmann also gar nicht sein.« Zu Sierras Erleichterung hatten sie die Veranda erreicht und fanden Schutz vor dem Regen. Ein Bordell, dachte sie ungehalten. Ausgerechnet! Allmählich wurde alles zur Farce.

»Er kann es sich leisten«, erwiderte Chester trocken. »Er ist ein Delaney, nicht wahr? Nach allem, was ich hörte, wären seine Brüder bereit gewesen, noch viel mehr zu tun, damit er in die Firma eintrat, als er von seiner fünfjährigen Vagabundiererei durch die Welt zurückkam.« Er klingelte. »Und die Atmosphäre hier paßt zu ihm, du wirst schon sehen.«

»Das Bordell oder die Goldgräberstadt?« erkundigte Sierra sich gereizt. Sie wußte nicht, warum sie überhaupt fragte, schließlich interessierte sie weder Delaney noch seine Stadt. Sie wollte es nur hinter sich bringen, um zu ihrem Wohnwagen zurückkehren und ins Bett gehen zu können.

»Beides. Er ist eine Art Renegat.« Chester runzelte die Stirn. »Warum kommt keiner an die Tür?«

»Vielleicht ist niemand zu Hause. Schließlich hat uns keiner eingeladen.« Sierras Ironie berührte Chester nicht. Ein Renegat – *ein Abtrünniger*, dachte Sierra. Was für ein melodramatisches Wort! Aber wahrscheinlich auch nicht melodramatischer, als in einem ehemaligen Bordell in einer Geisterstadt zu leben. Nein, keine Geisterstadt, verbesserte sie sich schnell. Eine blühende Bergwerksstadt – das darfst du nicht vergessen. Aber im Moment schien ihr sogar das Denken schwerzufallen.

Die Tür ging auf, und Chester versteifte sich wie ein Jagdhund beim Anblick eines Kaninchens. »Mr. Moran! Wie nett, Sie wiederzusehen!« sagte er mit gespielter Herzlichkeit. »Sie erinnern sich doch an mich – Chester

Brady von der Brady Vaudeville Troupe? Es ist schon spät, ich weiß, aber könnte ich kurz mit Mr. Delaney sprechen?«

Sierra versuchte den hageren kleinen Mann anzusehen, der vor ihnen stand, aber ihre Blicke wanderten immer wieder zu den Laternen vor der Tür zurück. Aus der Nähe betrachtet waren sie gar nicht mehr so häßlich, sondern wirkten eher einladend und warm. Sierra zitterte. Es ist die Kälte, dachte sie ärgerlich. Kein Wunder, wenn ich hier naß im Wind stehe. Es muß nicht heißen, daß ich schon wieder krank werde . . .

»Ich erinnere mich sehr gut an Sie, Mr. Brady«, antwortete der Mann, der die Tür geöffnet hatte.

Sierra musterte ihn neugierig. Für einen ›Renegaten‹ war er merkwürdig klein, höchstens einen Meter fünfundsechzig groß, mit blassem Gesicht und hellbraunem, am Ansatz ergrauendem Haar. Er trug Jeans und ein hellrotes Hemd, das ihm eine vornehme Eleganz verlieh. Es ist die Augenklappe, dachte sie dann. Der Mann trug eine schwarze Binde über dem linken Auge. »Wenn Sie einen Moment warten würden«, sagte er nun, »schaue ich nach, ob York mit Ihnen sprechen will.«

»Könnten wir nicht hereinkommen?« Es war ihr nicht bewußt, etwas gesagt zu haben, bis die Worte heraus waren. »Es ist so kalt hier draußen.«

Der Mann wandte sich um und betrachtete Sierra prüfend, aber sein gesundes Auge blieb völlig ausdruckslos. »Warum nicht«, sagte er dann, und zum ersten Mal war sein britischer Akzent zu hören. Er trat beiseite. »Solange Sie verstehen, daß ich Sie vielleicht wieder hinausbitten muß, Mr. Brady . . . York war nicht sehr begeistert von Ihrem Auftritt, wenn ich mich recht entsinne.«

»Nichts als ein Mißverständnis, Mr. Moran«, sagte Chester rasch. Er nahm Sierras Arm und zog sie in die angenehm beheizte Halle.

Zu Sierras Erleichterung hörte das Zittern augenblicklich auf. Moran, dachte sie verwirrt. Dann kann er nicht Delaney, der Renegat sein – York Delaney aus der Delaney-Dynastie. Lang lebe der König!

»Deshalb bin ich hier«, sagte Chester. »Ich möchte dieses kleine Mißverständnis beheben.«

»So?« Moran zog skeptisch eine Braue hoch. »Das wird York bestimmt freuen. Er ist ein so friedfertiger Mensch und haßt Mißverständnisse.« Er schloß die Tür. »Warten Sie hier.«

»Sarkastischer Zwerg«, murmelte Chester, als der Mann sich abwandte.

Die taktlose Art ihres Chefs ging Sierra allmählich auf die Nerven. Moran war mindestens fünf Zentimeter größer als sie selbst. »Das kannst du ihm nicht übelnehmen«, sagte sie. »Wir Zwerge müssen uns vor euch normalen Menschen schützen.«

Chester schaute sie überrascht an. »Du bist eine Frau, das ist etwas anderes. In deinem Fall ist es sogar von Vorteil, so klein zu sein. Es läßt dich noch hilfloser erscheinen.«

Sierra preßte die Lippen zusammen, um keine scharfe Antwort zu geben. »Ich habe nie einen Vorteil davon gehabt.«

»Weil du es nicht auszunutzen verstehst«, bemerkte er grinsend. »Ich wußte sofort, daß du uns noch nützlich sein würdest, als du in Flagstaff zu mir kamst und um einen Job batest.«

»Das ist mir klar.« Sierra schnitt eine Grimasse. Chester beschäftigte sie von früh bis spät. Die harte

Arbeit störte sie nicht, sie haßte es nur, für Chester die Rolle der bedauernswerten, heimatlosen Waisen spielen zu müssen. Und obwohl sie wußte, daß es nur eine *Rolle* war, ging es ihr maßlos auf die Nerven. Doch solange die Chance bestand, daß sie damit die Truppe vor dem Bankrott retten konnte, der sie permanent bedrohte, war es die Sache wert. Die Jobs vieler Menschen hingen davon ab, einen solchen Bankrott zu vermeiden: Akrobaten, Schlangenbeschwörer und Stepptänzer waren auf dem heutigen Arbeitsmarkt kaum gefragt.

Sierra lehnte sich müde an die Wand. »Ich glaube, diesmal wirst du nicht viel damit erreichen.«

»Wir werden sehen. Auf jeden Fall war es eine gute Idee von dir, dafür zu sorgen, daß wir eingelassen wurden.«

Es war weder Berechnung noch eine Idee gewesen, sondern reiner Überlebenswille, dachte Sierra. Aber wozu sollte sie das Chester sagen? »Es ist heiß hier drinnen, nicht?« Sie knöpfte ihre dicke Kordjacke auf. Komisch, wie angenehm ihr die Wärme noch vor wenigen Minuten erschienen war! »Meinst du, sie haben die Heizung aufgedreht . . .« Sie brach ab, als sie von einem gewaltigen Hustenanfall geschüttelt wurde.

Chester musterte sie besorgt. »Du siehst schrecklich aus. Meinst du, du kannst morgen arbeiten? Wir werden alle Hände brauchen, wenn wir rechtzeitig für morgen abend aufbauen wollen.«

»Natürlich.« Sie lächelte mühsam. »Daß ich ein bißchen blaß bin, verstärkt die erwünschte Wirkung nur, oder?«

»Möglich«, gab er unbehaglich zu. »Hast du heute deine Temperatur gemessen?«

Nein, sie hatte es nicht getan, aus Angst, etwas zu

erfahren, was sie lieber ignorierte. So wich sie Chesters Blick aus und wechselte das Thema. »Was für ein Haus! Es erinnert mich an das Chicken-Ranch-Bordell aus einem Dolly-Parton-Film.«

Überall roter Samt – auf der gepolsterten Bank in der Halle und dem runden Sofa im viktorianischen Stil, das sie im Salon zu ihrer Linken sehen konnte. Ein kleiner Kristallüster hing über der geschwungenen Treppe, die in den ersten Stock führte. Ein Tiziandruck auf der Wand gegenüber zeigte ein paar üppige nackte Schönheiten auf einer blühenden Lichtung im Wald. Vielleicht ist es sogar ein Original, dachte Sierra. Die Delaneys können es sich bestimmt leisten.

»Man erwartet fast, eine Gruppe Freudenmädchen die Treppe hinunterkommen zu sehen . . .«

»Es ist jetzt ein Privathaus«, erklärte Chester streng. »Wenn du so etwas sehen willst, mußt du zur ›Soiled Dove‹ gehen.«

»›Die befleckte Taube‹?« fragte Sierra amüsiert.

»Ja, Melanie Dolans Haus«, erwiderte Chester, dann runzelte er die Stirn. »Hey, bist du sicher, daß du nicht krank bist?«

»Ganz sicher. Es wird mir besser gehen, wenn ich eine Nacht geschlafen habe.« Sierra schloß die Augen und dachte, daß sie sich nicht an die Wand lehnen sollte. Ihr nasses Haar hinterließ sicher Spuren auf der zweifellos sehr teuren Tapete. Gleich richtete ich mich auf, dachte sie müde. Gleich werde ich genug Kraft gesammelt haben. Gleich mache ich die Augen auf . . .

York schaute von den Karten auf, als Deuce Moran die Bibliothek betrat. »Was gibt's?«

»Ärger.« Deuce ging zu seinem Platz am Kartentisch und nahm sein Glas Bourbon. »Chester Brady wartet in der Halle – mit Erklärungen und Entschuldigungen.« Deuce trank den Whisky in zwei Zügen aus und stellte das Glas zurück. »Und eine Bitte, nehme ich an.«

»Er soll zum Teufel gehen.« York lehnte sich zurück. »Warum hast du ihn nicht gleich vor die Tür gesetzt?«

Ein gequälter Ausdruck huschte über Deuces Gesicht. »Ich wünschte, du würdest endlich einsehen, daß wir nicht alle Befürworter brutaler Kraft sind, York. Ich verlasse mich lieber auf meinen Intellekt und meine Zungenfertigkeit. Außerdem ist der Kerl mindestens doppelt so breit wie ich.«

York warf einen Blick auf die Karten in seiner Hand. »Den Karten nach zu urteilen, die du mir gegeben hast«, sagte er und schmunzelte, »ist nicht nur deine Zungenfertigkeit im Spiel.«

Ein leises Zwinkern in Deuces gesundem Auge strafte seine ausdruckslose Miene Lügen. »Warum nicht? Du bist doch immer dafür gewesen, daß man seine Talente einsetzt, wo sie gebraucht werden. Das hast du selbst gesagt. Außerdem war der Einsatz nicht sehr hoch.«

York lachte und schüttelte den Kopf. »Eines Tages werde ich verlangen, daß du auch dein anderes Auge zudeckst. Was machst du dann?«

»Dann benutze ich Braille-Karten für Blinde«, erwiderte Deuce ruhig. »Wäre vielleicht gar nicht schlecht. Niemand könnte sagen, ob sie gezinkt sind oder nicht.« Er schaute York abwartend an. »Du willst Brady also nicht sehen?«

»Nein. Du bist der einzige Betrüger, für den ich eine

gewisse Schwäche hege. Benutze deine messerscharfe Zunge und schaff ihn mir aus dem Haus. Wieso hast du ihn überhaupt hereingelassen?«

Deuce zog die Schultern hoch. »Ich weiß es auch nicht. Dem Mädchen zuliebe vielleicht. Sie war völlig durchnäßt und . . .«

»Ein Mädchen? Will Brady mich mit ihr bestechen?«

»Das glaube ich nicht. Brady ist zu intelligent, um jemanden wie sie zu benutzen, um dich in ihr Bett zu locken. Sie sieht jung genug aus, um noch minderjährig zu sein und ist nicht einmal besonders hübsch.«

York dachte nach. »Und doch war sie überzeugend genug, um von dir eingelassen zu werden!«

»Es waren ihre Augen, glaube ich. Sie hat Augen wie Liza Minelli – groß, schwarz und mit langen, dichten Wimpern. Sie hatten eine ganz merkwürdige Wirkung auf mich.«

»Erstaunlich bei jemandem wie dir.« York warf die Karten auf den Tisch. »Warum sagst du Brady nicht, er soll die Kleine mit den großen Augen hereinschicken, damit ich sie mir ansehen kann? Es könnte unterhaltsam sein – und ganz offensichtlich kriege ich heute abend sowieso kein ehrliches Spiel von dir.«

»Ich hatte schon bemerkt, daß du ein bißchen rastlos bist«, entgegnete Deuce ruhig. »Langweilst du dich?«

»Es gehört wohl zu den Nachteilen eines respektablen Lebens«, erwiderte York seufzend. »Es stimmt, ich langweile mich.« Er schaute Deuce an. »Ich dachte, ich hätte es überwunden, als ich nach Arizona zurückkam, aber das gelingt einem wohl nie ganz, oder?«

Deuce schüttelte den Kopf. »Zu viele Jahre des Umherzigeunerns, zu viele Orte ohne Gesetz und

Ordnung. Das verdirbt einen Mann für ein normales, zahmes Leben.«

»Aber des Umherwanderns war ich auch überdrüssig, bevor ich nach Hause zurückkehrte.« York verzog das Gesicht. »Und jetzt bin ich es leid, den zähen, harten Bergwerksunternehmer spielen zu müssen. Ich weiß nicht – vielleicht sollte ich etwas Neues versuchen.«

»Vielleicht. Aber Rafe und Burke wären sehr enttäuscht, wenn du schon wieder aus der Shamrock Trinity aussteigen würdest.«

»Ich weiß.« Auch ich würde sie vermissen, dachte York. Seine Brüder und Killara waren das einzige, wonach er sich in den sieben Jahren seiner Abwesenheit gesehnt hatte.

Die drei Brüder verband mehr als ein gemeinsames Erbe und eine gemeinsame Kindheit. Abgesehen von Deuce waren Rafe und Burke die einzigen Menschen auf der Welt, die York wirklich liebte.

»Ich werde es mir überlegen müssen«, sagte er. »Bis dahin laß uns sehen, ob wir die Langeweile mit deiner Liza Minelli vertreiben können.«

»Ich sagte, sie hat Augen wie Liza Minelli, der Rest ist unbekanntes Gebiet. Aber das dürfte für deinen gegenwärtigen Zustand gar nicht schlecht sein. Du bist sicher in der richtigen Stimmung, neue Gebiete zu erforschen.«

»Nicht mit Minderjährigen«, entgegnete York trocken. »Und ich möchte stark bezweifeln, daß die in Frage kommenden ›Gebiete‹ noch jungfräulich unerschlossen sind.«

Deuce ging lachend hinaus.

York streckte die langen Beine aus und spielte mit den Pokerchips, die vor ihm lagen. Er wollte nicht schon wieder durch die halbe Welt von Rafe und Burke getrennt sein. Vielleicht war es auch nur Hell's Bluff, das ihn langweilte. Sie hatten erst kürzlich die neue Mine im Norden von Arizona erschlossen. Er konnte den dortigen Manager nach Hell's Bluff holen und selber die neue Mine übernehmen. Vielleicht ließ sich damit der Überdruß vertreiben, den er in letzter Zeit empfand. Im Augenblick war er bereit, fast alles zu . . .

Riesige schwarze Augen glühten in einem leichenblassen Gesicht.

York war so schockiert von diesen Augen, daß er kaum etwas anderes von dem Mädchen sah, das Deuce und Brady in die Bibliothek gefolgt war. Der melancholische Ausdruck ihrer Augen dominierte so sehr, daß er zutiefst gerührt war. Er hatte das Gefühl, den Kopf schütteln zu müssen, um den seltsamen Effekt ihrer Augen abzuschütteln.

Er stellte fest, daß er gern etwas getan hätte, um diese Melancholie aus ihren Augen zu vertreiben. Ihr kurzes, schwarzes Haar war naß und glänzte, es unterstrich ihre schmalen, fast hageren Gesichtszüge. Ihr Mund war das einzig Auffallende in ihrem Gesicht, schön geformt und mit einer leicht geschwungenen Unterlippe, die auf Sensibilität schließen ließ. In der losen schwarzen Jacke, die sie trug, wirkte sie zart und feingliedrig wie ein Vogel. Und sie ist dünn, viel zu dünn, dachte York in einem unverständlichen Anfall von Zorn.

»Ich freue mich sehr, Sie wiederzusehen, Mr. Delaney«, sagte Brady mit einem herzlichen Lächeln. »Aber schon als ich Sie zum ersten Mal sah, wußte ich, daß Sie ein fairer Mann sind.«

York stand auf. »Brady«, sagte er knapp, bevor er seinen Blick wieder auf das Mädchen an der Tür richtete. »Ich glaube, ich kenne die Dame nicht . . .«

»Sierra Smith, eine meiner Angestellten. Sie war vor zwei Jahren, als wir in Hell's Bluff waren, nicht dabei. Das ist York Delaney, Sierra.«

»Mr. Delaney.« Die Stimme des Mädchens war leise, eine Spur heiser, aber ansonsten völlig ausdruckslos.

Aus irgendeinem unverständlichen Grund irritierte ihre offensichtliche Gleichgültigkeit York noch mehr. Als er sich an Brady wandte, klang ein scharfer Ton in seiner Stimme mit.

»Ich kann nicht behaupten, Brady, daß meine Erfahrung mit Ihnen eine angenehme war. Sie sind ein geldgieriger Mensch, und für solche Leute habe ich nichts übrig. Meine Männer hatten Ihre Kasse genug gefüllt, ohne daß Sie auch noch zu betrügerischen Mitteln greifen mußten, um ihnen das Fell ganz über die Ohren zu ziehen.«

»Das war ein Fehler«, sagte Brady rasch. »Die Würfel . . .«

»Waren gezinkt«, schloß York scharf. »Das weiß ich aus bester Quelle«, fügte er mit einem Blick auf Deuce hinzu.

»Nun ja, aber ich wußte damals nichts davon. Der Mann, der das Spiel leitete, hat es ohne mein Wissen und Einverständnis getan. Ich erlaube so etwas in meiner Truppe nicht. Es bringt nur Ärger. Wenn Sie mir die Erlaubnis gäben, in die Stadt zu kommen und ein paar Vorstellungen zu geben, halte ich ein Auge auf meine Leute und garantiere Ihnen, daß so etwas nicht mehr vorkommt.«

»Ich gebe keine zweiten Chancen, Brady.« York preßte grimmig die Lippen zusammen. »Meine Männer sind auf meinen Wunsch hin völlig isoliert. Es unterliegt daher meiner Verantwortung, dafür zu sorgen, daß sie nicht betrogen und ausgenutzt werden.«

»Aber ich versichere Ihnen, daß ich . . .«

»Es hat keinen Zweck, Chester«, warf Sierra ein. »Siehst du das nicht? Laß uns zum Lager zurückkehren und . . .« Ein heftiger Hustenanfall ließ sie abbrechen.

»Sei still, Sierra«, sagte Brady gereizt. »Du sagtest, du würdest nicht versuchen, ihn zu überreden. Also misch dich bitte auch nicht ein.«

Sie hustete immer noch, und die Krämpfe, unter denen sich ihr schmaler Körper krümmte, verärgerten York noch mehr. »Halten Sie den Mund, Brady. Wie konnten Sie sie durch das schlechte Wetter hierher schleppen? Sehen Sie nicht, daß sie krank ist?« Er war mit drei Schritten bei Sierra. »Kommen Sie, ich gebe Ihnen etwas Heißes zu trinken, bevor Sie zurückgehen. Sie husten sich ja halb zu Tode!« Er nahm sie beim Ellbogen und zog sie auf die Tür zu. »Sie warten hier, Brady«, sagte er mit einem Blick über die Schulter. »Ich will nicht, daß sie um diese Zeit allein über die Straße geht. Es ist eine wilde Stadt.«

»Ich warte.« Ein merkwürdig befriedigter Ausdruck war auf Bradys Gesicht erschienen. »Laß dir Zeit, Sierra. Mr. Delaney hat ganz recht: Ich hätte dir nie erlauben dürfen, mich zu begleiten.«

Der Ton, der von Sierras Lippen kam, war wie ein halbersticktes Lachen. Dann schüttelte sie ein neuer Hustenanfall, und sie ließ sich bereitwillig von York Delaney aus dem Zimmer führen.

2

»Setzen Sie sich«, befahl York, während er einen der Schränke aus Kiefernholz in der Küche öffnete. »Ich beeile mich, so gut es geht. Ich will Sie nicht länger hier haben als Sie hier sein möchten.« Er nahm eine Flasche konzentrierten Zitronensaft heraus und schlug die Schranktür zu. Nachdem er Wasser zum Kochen aufgestellt hatte, holte er ein Handtuch aus einer Schublade und warf es Sierra zu. »Trocknen Sie Ihr Haar. Sie sind so naß, daß es mich nicht wundern würde, wenn Sie eine Pfütze hinterließen, wo Sie stehen.«

Sierra fing das Handtuch auf und begann automatisch ihr Haar zu frottieren. Er ist wütend, dachte sie, und wahrscheinlich nicht ohne Grund. Sie setzte sich auf einen Küchenstuhl und seufzte vor Erleichterung. Ihre Beine waren schwach, und es tat gut, sie eine Weile auszuruhen.

»Sie brauchen es nicht zu tun«, sagte sie ruhig, als sie das Handtuch über die Stuhllehne hing. »Ich kann etwas Heißes trinken, wenn ich in meinem Wohnwagen bin. Ich bin es gewöhnt, für mich selbst zu sorgen.«

»Dann sollten Sie lernen, es besser zu machen. Warum sind Sie nicht mit den anderen im Lager geblieben?« Er stand mit dem Rücken zu ihr und hielt sich steif vor Ärger, während er Zitronensaft in ein Glas füllte. Ein schöner Rücken, dachte Sierra abwesend. Er trug ein schwarzes Seidenhemd, das seine breiten Schultern und seine schmale Taille unterstrich. Seine tiefsitzenden Jeans waren von einem verwaschenen Blauton und schmiegten sich eng um muskulöse Schenkel und den hübschesten Po, den sie je bei einem Mann gesehen hatte.

Aber es war nicht ungewöhnlich, daß er einen schönen Rücken hatte, denn schließlich sah der ganze Mann phantastisch aus. Beim Betreten der Bibliothek hatte Sierra fast einen Schock erlitten. Seine klassischen Gesichtszüge hätten zu einem griechischen Gott gepaßt, dachte sie, und seine auffallend blauen Augen hoben sich klar gegen seine bronzefarbene Gesichtshaut ab. Sein dichtes, rabenschwarzes Haar war leicht gewellt und hatte gerade die richtige Länge.

Es ist nicht fair, daß ein Mann so atemberaubend attraktiv ist, dachte Sierra betrübt. Mutter Natur hätte soviel Schönheit auch etwas gerechter verteilen können. Das einzige, was nicht perfekt an ihm war, waren der zynische Ausdruck um seinen Mund und der leicht abweisende Blick in seinen saphirblauen Augen.

»Nun?« Er drehte sich abwartend zu ihr um.

Hatte er sie etwas gefragt? Sierra versuchte, sich zu konzentrieren, aber die Lethargie, die sie plötzlich überfallen hatte, machte es ihr zunehmend schwerer. O ja, jetzt fiel es ihr wieder ein. »Chester wollte, daß ich ihn begleite.«

»Und Sie trotteten gehorsam in den Sturm hinaus, mit einem Husten, der fast wie Tuberkulose klingt«, entgegnete York lakonisch. Er goß kochendes Wasser ins Glas und brachte es ihr.

»Er dachte, ich könnte ihm behilflich sein«, sagte sie. »Ich glaube, er ist ziemlich verzweifelt.« Sie nahm das Glas. »Chester begreift nicht, daß es Leute gibt, die sich nicht beeinflussen lassen.«

York blieb abrupt stehen. »Und Sie waren bereit, mich zu ›beeinflussen‹?«

Sierra lächelte schwach. »So nicht. Weder Chester noch ich sind dumm genug, zu glauben, Sie könnten sexuelles Interesse an mir zeigen. Aber Chester meint, ich hätte etwas von einem verlaufenen Welpen an mir, das gewisse Geschäftsleute weich stimmt. Manchmal klappt es tatsächlich.«

»Haben Sie sich schon öfter so von ihm benutzen lassen?«

»Gelegentlich. Die Truppe hat große finanzielle Schwierigkeiten, und die Existenz einer Menge guter Leute steht auf dem Spiel.« Sie hob das Glas und betrachtete den Dampf, der aus ihm aufstieg.

»Sie sollen es trinken, nicht anstarren.« York ließ sich auf einen Stuhl ihr gegenüber fallen und betrachtete sie mißmutig. Was sie sagte, vergrößerte seinen Ärger nur, aber es änderte nichts an seiner Entscheidung.

Sierra trank einen Schluck. »Es schmeckt sehr gut.«

»Meine Mutter kurierte meine Brüder und mich immer mit heißem Zitronensaft, wenn wir erkältet waren. Ich weiß nicht, ob es wirklich etwas nützt, aber ich fühlte mich danach stets besser.«

Sierra trank noch einmal und betrachtete York über den Rand des Glases hinweg. Selbst wenn er die Stirn runzelt, dachte sie, ist er attraktiv genug, um einen Verkehrsstau auszulösen. Er ist wie ein prächtiger Pfau, dessen Gefieder bei jeder Bewegung aufleuchtet und die Farbe verändert . . .

»Warum schauen Sie mich so an?« fragte er gereizt. »Ich versichere Ihnen, daß ich nicht zu den Leuten gehöre, die unter dem hilflosen Blick Ihrer großen Augen weich werden.«

»Ich weiß. Ich dachte gerade, daß Sie mich an einen

Pfau erinnern.« Du liebe Güte, wie konnte sie so etwas sagen? Aber sie hatte es ausgesprochen, und . . .

Er blinzelte überrascht. »Einen Pfau?«

»Weil Sie so schön sind«, antwortete Sierra aufrichtig. »Es ist nicht fair. Es gibt so viele häßliche Menschen auf der Welt. Sie sollten nicht soviel auf einmal haben, Mr. Delaney.«

York wurde mißtrauisch. War das eine raffinierte Anmache? Er wußte, daß er gut aussah und hatte es als Kind, als er auf der Ranch aufwuchs, sogar als Behinderung empfunden. Später hatte er gemerkt, wie nützlich es ihm sein konnte und es sogar ausgenutzt, wenn sich die Gelegenheit dazu bot. Er war es gewöhnt, von Frauen angeschaut zu werden, aber er konnte sich nicht entsinnen, je einen solch ernsten, verwunderten Augenausdruck wie bei Sierra Smith gesehen zu haben. Nein, es war bestimmt keine Anmache. In ihren Blicken war nur kindliche Aufrichtigkeit.

»Wie alt sind Sie?« fragte er ablenkend.

»Einundzwanzig.«

»Sie sehen viel jünger aus. Deuce dachte, Sie wären noch minderjährig.« Er betrachtete sie neugierig. »Wie sind Sie zu Bradys Truppe gekommen?«

»Vor achtzehn Monaten arbeitete ich noch bei einer Bank in Flagstaff. Als Bradys Varietétruppe in die Stadt kam, bin ich mit ihnen weitergezogen.«

»Wenn Sie unbedingt ins Showbusiness wollten, hätten Sie sich etwas Besseres aussuchen können als Bradys heruntergekommenes Varieté.« Er lächelte verächtlich. »Und ist das Leben auf der Bühne wirklich so glanzvoll, wie Sie dachten?«

»Ich habe keinen Glamour gesucht.« Sie trank einen Schluck Zitronensaft. »Wissen Sie, als Kind war ich mit meiner Familie beständig auf Reisen und träumte von einem geordneten, behüteten Leben. Doch als ich es endlich hatte, konnte ich es nicht ertragen. Es war mir alles viel zu geregelt, ich wollte neue Dinge ausprobieren, neue Erfahrungen machen. Ich schwor mir damals, daß ich jeden Tag etwas Neues dazulernen wollte.«

»Ist es Ihnen bei Bradys Truppe gelungen?« fragte York ungewöhnlich ernst.

»Ja, und ich glaube, Sie sind Chester gegenüber nicht fair. Sein Varietétheater mag ein bißchen schäbig und heruntergekommen sein und vielleicht sogar zu altmodisch für die heutige Zeit, aber seine Leute lieben ihre Arbeit. Chester gibt ihnen die Möglichkeit, sie zu tun, und das würden sie nirgendwo sonst finden.« Sie stellte das leere Glas auf den Tisch. »Danke für den Saft, Mr. Delaney. Und entschuldigen Sie die Belästigung.« Sie stand auf. »Ich sage Chester, daß wir jetzt gehen können.«

»Setzen Sie sich hin!« sagte York scharf. »Sie sehen aus, als könnten Sie sich nicht mehr auf den Beinen halten. Ich rufe einen meiner Männer an, damit er Sie und Chester zum Lager zurückfährt.« Er öffnete die Tür, drehte sich jedoch noch einmal um. »Führt Brady seine Geschäfte in letzter Zeit wirklich korrekt?«

Sierra nickte. »Solange ich bei der Truppe bin, hat es nie Ärger gegeben.« Sie lächelte schwach. »Außer mit Gläubigern und Ämtern, die ihre Lizenzgebühren verlangten.«

»Und die Sie *gehorsam* für Ihren Chef umstimmten.«

Sierra hielt seinem prüfenden Blick stand. »Manchmal.«

York fluchte unterdrückt und ging hinaus.

Zehn Minuten später führte Chester Sierra aus dem

Haus und zu einem Jeep, der von einem untersetzten Bergmann namens Jake Bowdin gefahren wurde. Der Jeep startete mit einem Satz und spritzte Schlamm in alle Richtungen, als er aus der Stadt in die Berge raste.

»Du gehst sofort ins Bett, wenn du in deinem Wagen bist«, meinte Chester besorgt. »Und morgen schläfst du dich aus. Wir schaffen es bis nachmittags auch ohne dich.«

Sierra schaute ihn überrascht an. »Tatsächlich?«

»Ich möchte nicht, daß Delaney glaubt, du würdest ausgenutzt. Er gab mir unmißverständlich zu verstehen, daß ich dich nach Hause bringen und für anständige Pflege sorgen soll.« Chester lächelte zufrieden. »Danach gab er mir die Erlaubnis, drei Tage lang mit meiner Truppe in Hell's Bluff aufzutreten. Gute Arbeit, Sierra.«

»Ich hatte nichts damit zu tun.« Sie war verblüfft. Als Delaney fluchend die Küche verlassen hatte, war sie überzeugt gewesen, das Thema sei damit erledigt. »Niemand könnte York Delaney zu etwas überreden, was er nicht will. Er muß dir geglaubt haben, daß die Sache vor zwei Jahren ein bedauerlicher Irrtum war.«

»Möglich. Aber wir sollten uns trotzdem nach allen Seiten hin absichern. Myra wird dir einen Grog machen, wenn wir zurück sind, und morgen bleibst du im Bett und kurierst deine Erkältung aus.«

»Ich brauche keinen Grog. Ich habe schon etwas getrunken.« Glühend heißen Zitronensaft, wie Yorks Mutter ihn für ihn zubereitet hatte, als er noch ein kleiner Junge war. Wie mag er damals gewesen sein? dachte Sierra. Es war nicht leicht, sich diesen phantastisch gutaussehenden Mann als kleinen Jungen vorzustellen. Er hatte etwas Rastloses an sich, vielleicht sogar eine gewisse Rücksichtslosigkeit, die dicht unter der Oberfläche lauerte und beim geringsten Anlaß durchbrechen konnte.

Und doch hatte er an diesem Abend Sierra gegenüber so etwas wie Güte bewiesen. Oder war es bloß Mitleid gewesen? Sie versteifte sich bei dem Gedanken, aber dann entspannte sie sich wieder. Nein, Mitleid sicher nicht, zum Glück. Nicht in dieser Situation. Dazu war er viel zu ärgerlich gewesen.

Sierra atmete unwillkürlich auf. Sie hatte in ihrem Leben genug Mitleid ertragen. Müde lehnte sie den Kopf gegen das Plastikfenster des Jeeps und schloß die Augen. Sie war jetzt viel zu müde, um sich Gedanken über York Delaneys Verhalten zu machen oder sich zu fragen, was er ihr gegenüber empfunden haben mochte.

Es war ohnehin nicht wichtig. Für prächtige Pfaue war kein Platz in ihrem Leben. Sie würde die Begegnung mit York als die neue Erfahrung des heutigen Tages abschreiben und sie vergessen. Aber ein Gutes hätte die Sache gehabt: Jetzt konnte sie sich wenigstens ein bißchen ausruhen und ihre hartnäckige Erkältung loswerden.

Deuce kam in die Bibliothek und schloß die Tür. »Sie sind fort. Die Kleine mit den großen Augen sitzt bequem im Jeep und ist auf dem Weg in ein warmes Bett.« Er zog eine Augenbraue hoch. »Obwohl ich nicht sicher war, ob du nicht vorhattest, ihr heute nacht deins anzubieten, nachdem du so um sie besorgt warst.«

York schaute nicht von der Patience auf, die er legte. »Wie kommst du darauf? Du hattest recht, sie sah mehr wie ein durchnäßter Welpe aus als wie eine Femme Fatale.« Er warf eine Zehn auf einen Buben. »Und sie wirkt nicht älter als fünfzehn. Ich wäre mir wie ein Kinderschänder vorgekommen.«

»Hast du erfahren, wie alt sie wirklich ist?«

»Einundzwanzig.« Er legte eine andere Karte ab. »Sie war Bankangestellte und hat ihren sicheren Posten aufgegeben, um mit Bradys Truppe durchs Land zu ziehen. Unglaublich!«

»Glaubst du ihr, was sie sagt?«

»Natürlich glaube ich ihr! Ihre Story ist viel zu bizarr, um erfunden zu sein. Sie selbst ist zu bizarr, um etwas anderes als echt zu sein.«

»Das scheint dich mächtig zu irritieren.« Deuce setzte sich York gegenüber an den Tisch. »Ich wüßte gern, warum.«

»Warum sollte es mich irritieren? Ich hatte noch nie eine Schwäche für entlaufene Hündchen. Es war immer Rafe, der die verwundeten Vögel und mutterlosen Kälber nach Hause schleppte.«

Ein weicher Ausdruck huschte über Deuces Gesicht. »Ach, ich weiß nicht. Mich hast du jedenfalls nach Hause geschleppt. Wenn ich mich recht entsinne, war ich damals auch so etwas wie ein verwundetes Tier.«

York hob den Kopf und lächelte schwach. »Ja – ein Tiger mit einer verletzten Pfote! Der vor Wut brüllte über seine momentane Unfähigkeit, aber nie vergaß, daß er wieder der Herrscher des Dschungels sein würde, sobald er geheilt war.«

Deuce schüttelte den Kopf. »Du vergißt immer wieder, daß nicht alle sind wie du. Mag sein, daß ich brülle, aber ich schlage nicht so schnell zurück wie du. Ich brauchte Hilfe, und die hast du mir gegeben.« Er sah Yorks unbehagliches Stirnrunzeln und kehrte zu seinem üblichen spöttischen Tonfall zurück. »Wahrscheinlich hätte jeder andere es auch getan. Charmante Tunichtgute wie ich sind im Aussterben begriffen und müssen behütet werden.« Er schaute Yorks Spiel eine Weile zu. »Du bist unkonzentriert. Du hast die Kreuzsieben nicht . . .«

York knurrte etwas zweifellos Obszönes, warf die Karten auf den Tisch und schob seinen Stuhl zurück. »Jetzt reicht's. Nicht genug damit, daß du beim Spielen schummelst – jetzt mußt du auch noch meine Patiencen kritisieren!«

»Ich hasse Unachtsamkeit bei jeder Art von Glücksspiel. Selbst die unbedeutendsten Spiele sollten mit Anmut und Geschick ausgeführt werden, jede Bewegung wie die Arbeit eines großen Matadors.«

York unterdrückte ein Lächeln, als er aufstand. »Der Vergleich ist nicht schlecht. Es existieren gewisse Täuschungselemente in deinem Spiel und dem eines Matadors.«

»Gehst du schlafen?«

York nickte., »Ich bin nicht in der Stimmung, heute abend deinen Stier zu spielen.« Er ging zur Tür. »Vielleicht rufe ich morgen Josephson in der Pino-Mine an und lasse mir einen kompletten Bericht erstellen. Meinen letzten Informationen zufolge geht es nicht so schnell voran, wie ich es gern hätte.«

»Wer ist auch schon so schnell wie du? Du bist uns allen zwei Schritte voraus geboren.«

»Nein, zwei Schritte hinter den anderen.« York grinste. »Deshalb muß ich schneller sein, um aufzuholen.«

»Das bist du, zweifellos.« Deuce musterte York prüfend. »Warum hast du Brady erlaubt, Vorstellungen zu geben?«

Ein helles Licht flackerte in Yorks Augen auf, verschwand aber rasch wieder. »Es wird den Männern gefallen. Du weißt, wie langweilig es hier in Hell's Bluff sein kann. Und falls gespielt wird, kannst du aufpassen und sicherstellen, daß alles mit rechten Dingen zugeht.«

»Ist das der einzige Grund?«

»Welchen Grund könnte ich sonst noch haben?« Als Deuce York ansah, ohne etwas zu erwidern, zuckte York ergeben die Schultern. »Woher soll ich wissen, warum ich ihm die Erlaubnis gab? Es war ein Impuls, Deuce. Vielleicht bin ich gelangweilt genug, um ein bißchen Ärger in meinem Leben zu begrüßen.«

»Mag sein.« Deuce sammelte die Karten ein. »Brady wird sein Versprechen einhalten müssen. Dafür sorge ich schon. Gute Nacht, York.«

»Gute Nacht.«

Was hatte ihn dazu bewogen, Brady in die Stadt zu lassen? Die Frage war York wie ein Dorn im Fleisch, als er die Treppe zum ersten Stock hinaufging. Er hatte nicht die Absicht gehabt, nachzugeben, als er an diesem Abend die Küche verließ. Er war genauso überrascht gewesen wie Deuce, als er Brady sagte, er könne seine Truppe in die Stadt verlagern und morgen die erste Vorstellung geben. Es konnte nichts anderes als ein *Impuls* gewesen sein, das ihn . . .

Rising Star.

Er war am Treppenabsatz stehengeblieben und starrte das Porträt an der Wand vor ihm an. Und plötzlich durchfuhr es ihn wie ein Schock. Warum war es ihm nicht schon früher aufgefallen? Wahrscheinlich, weil das Porträt ein wichtiger Bestandteil seines Lebens war und er nie darüber nachgedacht hatte. Und doch waren die dunklen Augen, die ihn von der Leinwand anschauten, zweifellos die gleichen Augen wie die Sierra Smiths. Die

Apachenfrau war nicht ganz so schlank wie Sierra und auch nicht so feingliedrig, aber der Ausdruck ihrer Augen war exakt der gleiche – Kraft und Widerstandsvermögen sprachen daraus, gepaart mit Einsamkeit und schrecklicher Isolierung.

Es war verrückt! Das Gemälde stammte aus einem anderen Jahrhundert und stellte eine Frau aus einer ganz anderen Welt und Kultur dar. Eine echte Ähnlichkeit existierte nicht. Und doch, als York endlich seinen Blick von dem Porträt löste und weiterging, wußte er, daß er sich belog.

Und er wußte nun, warum er Bradys Truppe die Erlaubnis gegeben hatte, nach Hell's Bluff zu kommen . . .

3

»Es wurde auch langsam Zeit, daß du erscheinst, Sierra«, sagte Chester, als er hinter die Bühne kam. Er hatte gerade den Auftritt des Abends angesagt, und die Great Marinos begannen ihre Vorstellung. Das Scheinwerferlicht fiel auf Gino, der auf der Wippe stand. Sein Bruder Roberto stand auf Papa Marinos Schultern. »Wo hast du gesteckt? Vor einer halben Stunde habe ich Snooks nach dir geschickt.«

»Ich war in der Garderobe und habe Zeldas Kostüm repariert«, entgegnete Sierra. »Ich bin gekommen, so schnell es ging.« Die Zuschauer brüllten vor Entzücken, als Gino einen doppelten Salto schlug und auf den

Schultern seines Bruders landete. Ein begeisterteres Publikum als die Minenarbeiter hatte Sierra nie gesehen. In den letzten beiden Tagen hatten sie das Theater jeden Nachmittag und jeden Abend bis auf den letzten Platz gefüllt und schienen sich königlich zu amüsieren.

»Du mußt Revas Hunde bürsten«, sagte Chester. »Und dann Maureens Auftritt mit den Schlangen übernehmen. Sie hat sich den ganzen Abend hindurch übergeben. Sie kann nicht auf die Bühne gehen.« Er runzelte die Stirn. »Sie hätte sich wirklich einen besseren Moment aussuchen können, um krank zu werden.«

»Die Schlangen«, wiederholte Sierra vage. Sie war so müde, daß ihr das Denken schwerfiel.

»Was ist los mit dir? Du bist schon öfter mit den Schlangen aufgetreten.«

»Stimmt.« Sierra wandte sich ab. »Ich gehe jetzt.«

»Nein. Zuerst die Hunde«, wandte Chester ungeduldig ein. »Hast du nicht gehört, was ich sagte? Revas Hunde müssen gebürstet werden. Wir arbeiten uns alle zu Tode, um eine anständige Show auf die Bühne zu bringen, damit Delaney uns zurückkommen läßt. Du könntest uns ruhig dabei unterstützen, Sierra.«

Plötzlich wurde sie wütend. »Ich habe euch mehr als *unterstützt*! Seit zwei Tagen arbeite ich vom Morgengrauen bis Mitternacht. Ich habe die Tiere gefüttert, Kostüme repariert. Getränke verkauft, Abfall eingesammelt, bin bei den Akrobaten eingesprungen, habe Tickets verkauft und . . .«

Chester hob die Hand. »Schon gut, schon gut. Es tut mir leid, Sierra. Ich glaube, wir sind alle ein bißchen überreizt.« Er lächelte. »Aber jetzt sei so lieb und kümmere dich um die Hunde. In vier Stunden ist alles vorbei, dann können wir uns ausruhen.«

Sierra seufzte. Ihr Zorn war so schnell verraucht, wie er gekommen war. Es war einfach zu anstrengend, wütend zu sein, sie brauchte ihre Kraft, um weitermachen zu können. »Ich gehe zu den Hunden.«

Sie brauchte fast eine Stunde, um Revas drei Pudel und vier Spaniel zu striegeln und ihnen Schleifen ins Haar zu binden. Dann eilte sie durch den Korridor zur Garderobe.

»Guten Abend, Miss Smith.«

Der britische Akzent, in dem die Worte gesprochen waren, veranlaßte Sierra, stehenzubleiben. Deuce Moran lehnte an der Wand und lächelte sie freundlich an. Wie alle anderen Männer trug auch er Jeans, Stiefel und ein buntes Hemd. Aber bei ihm sah es erstaunlich elegant aus. Es war nicht das erste Mal, daß Sierra ihn seit Showbeginn vor drei Tagen sah. Er war des öfteren unauffällig hinter der Bühne erschienen und hatte sich prüfend umgesehen. Wenn Sierra ihn ansah, hatte er eine angedeutete Verbeugung gemacht und gelächelt, heute aber sprach er sie an!

»Brady scheint heute abend gute Kasse zu machen«, bemerkte Deuce.

»Ja, es klappt phantastisch.« Sierra strich sich eine Locke aus der feuchten Stirn. »Chester ist Mr. Delaney sehr dankbar für diese Gelegenheit. Wir alle sind es.«

»Der Truppe mag es gut gehen, aber bei Ihnen bin ich nicht so sicher.« Deuce kam auf Sierra zu und nahm ein Taschentuch heraus. »Sie haben einen Schmutzfleck auf der Wange.« Er wischte ihn behutsam ab. »Ich möchte nicht unhöflich sein . . . aber Sie riechen stark nach Hund.«

»Das überrascht mich nicht. Ich habe Revas Hunde gebürstet. Und jetzt muß ich weiter. Tut mir leid, daß ich

Ihnen keine Gesellschaft leisten kann, aber ich muß mich umziehen und mich dann um die Schlangen kümmern.«

»Müssen sie auch gesäubert werden?«

»Nein, ich springe für Maureen ein. Sie ist Schlangenbeschwörerin.«

»Sie scheinen für alle möglichen Leute einzuspringen.« Deuce betrachtete sie forschend. »Ich glaube, Sie sind noch blasser als an jenem Abend, als ich Sie zum erstenmal sah. Geht es Ihnen nicht gut?«

»Doch«, erwiderte Sierra und lächelte tapfer. »Ich bin nur ein bißchen müde. Wir haben uns in den letzten beiden Tagen alle etwas übernommen.« Sie wandte sich ab und winkte Deuce zu. »Vielleicht sehen wir uns später, Mr. Moran.«

Er schaute zu, wie sie durch die Halle eilte. Sie hielt sich so entschlossen aufrecht, wie ihr Lächeln gewesen war. Unwillkürlich spitzte Deuce die Lippen zu einem anerkennenden Pfiff.

»Galante Geste«, bemerkte York gedehnt mit einem Blick auf das Taschentuch in Deuces Hand. »Für einen Moment dachte ich, du könntest es nicht sein, Deuce.«

Deuce drehte sich um, als York näherkam. »Ich kann es selbst kaum glauben. Ich bin nicht an väterliche Regungen in meinem zynischen Herzen gewöhnt.« Er lächelte spöttisch. »Es muß sich angehäuft haben, sonst hätte ich es sicher nicht getan. Sie ist ein reizendes Kind.«

»Angehäuft?« fragte York verständnislos.

»Ich beobachte sie schon seit drei Tagen. Sie arbeitet bis zur völligen Erschöpfung.« Sein Lächeln verblaßte und verflog dann ganz. »Es beunruhigt mich.«

York runzelte die Stirn. »Sie lassen sie schuften? Ich habe Brady gesagt, er solle sie ins Bett schicken.«

»Wenn er es getan hat, war sie am Tag der Eröffnungsvorstellung schon wieder auf den Beinen.«

York fluchte unterdrückt und schaute zur Garderobe hinüber, in der Sierra verschwunden war.

Deuce schüttelte den Kopf. »Sei nicht ungerecht. Wenn sie wirklich ein armes Opfer wäre, hätte ich selbst schon ein Veto eingelegt. Aber das Mädchen ist mehr als willig, einzuspringen und zu helfen. Sie scheint eine Mischung aus ewiger Vertretung und Dienstmädchen zu sein.« Er lächelte. »Gestern abend war sie sogar die Zielscheibe für Simon, den Messerwerfer. Es mag sein, daß Sierra von der Truppe ausgenutzt wird, aber wenn es so ist, dann mit ihrer Zustimmung und ihrem vollen Einverständnis. In diesem Fall würde ich sagen, sie ist sich selbst ihre schlimmste Feindin.« Er zog eine Braue hoch. »Ich wundere mich, daß du nicht schon früher gekommen bist, um nach Brady und seiner Menagerie zu sehen.«

»Warum sollte ich? Ich wußte, daß du alles unter Kontrolle hast.«

»Das ist kein Grund. Ich dachte wirklich, du würdest kommen. Aber statt dessen sieht es ganz so aus, als hättest du das Theater absichtlich vermieden.«

»Hör auf zu bohren, Deuce! Spar dir deine Amateurpsychologie. Ich hatte anderes zu tun, und damit basta. Ich habe keine Zeit für Varietébesuche.«

»Nein? Aus Erfahrung weiß ich, daß du dir für alles Zeit nimmst, was dich interessiert.« Deuce hob die Hand. »Schon gut, lassen wir das. Es ist nur meine verflixte Neugier und mein wißbegieriger Verstand.«

»Ich weiß.« Ein Lächeln spielte um Yorks Lippen. »Und wenn es sich um die Karten anderer Spieler handelt, besitzt du den Ruf, ganz besonders wißbegierig zu sein.«

»Stimmt. Es ist eine ständige Quelle des Ärgers für mich – schon seit meiner frühesten Kindheit.« Deuce stopfte das Taschentuch in die Jeanstasche. »Ich glaube, ich setze mich ins Publikum und halte ein Auge auf unser Waisenkind. Es gefällt mir gar nicht, wie sie aussieht. Es würde mich nicht wundern, wenn sie sich nur noch aufgrund von Mut und Sturheit auf den Beinen hielte. Kommst du mit? Anscheinend hat sie vor, das Publikum mit Schlangen zu bezaubern.«

»Warum nicht? Ich habe nichts Besseres vor. Und es ist sicher interessant, zuzusehen, wie du dich als Schutzengel verhältst«, bemerkte York betont gleichgültig, während er Deuce in den Saal folgte.

Schlangen? dachte York dabei. Welche Art Schlangen? Wenn es stimmte, was Deuce über Sierras vielfältige Aufgaben sagte, konnte sie nicht viel Erfahrung auf diesem spezifischen Gebiet gewonnen haben. Der Auftritt mochte sogar gefährlich sein.

York verdrängte seine aufsteigende Angst so entschieden, wie er es in den vergangenen beiden Tagen vermieden hatte, das Theater aufzusuchen. Warum solltest du dir Sorgen um Sierra Smith machen? fragte er sich. Das Mädchen bedeutete ihm nichts. Natürlich machten ihn ihre Ähnlichkeit mit Rising Star, ihr Mut und ihre Aufrichtigkeit neugierig, aber doch nicht zu einem solchen Extrem! Dennoch war York sicher, schon früher gekommen zu sein, um sich zu überzeugen, daß es Sierra besser ging, wenn er nicht gewußt hätte, daß Deuce im Theater war und aufpaßte. Und jetzt sah es so aus, als hätte Deuce nur in den Kulissen herumgestanden und zugesehen, wie dieses idiotische Mädchen eine

Märtyrerin aus sich machte! Der Gedanke weckte einen Ärger in York, der seine ruhige Fassade durchbrach und in scharfen Worten zum Ausdruck kam: »Warum hast du nichts unternommen, wenn du so beunruhigt warst?«

»Weil es nicht meine Sache ist.« Deuce machte eine kleine Pause, bevor er leise hinzufügte: »Oder ist es das, York?«

»Nein.« Es klang eine Spur unsicher. »Sie ist alt genug, um für sich selbst zu sorgen, selbst wenn sie nicht intelligent genug dazu ist. Du hast recht, es geht uns nichts an.«

Fünfzehn Minuten später, als er in der dritten Reihe saß und Sierra ihre Vorstellung begann, erwachte Yorks Besorgnis von neuem.

Sierra war noch dünner, falls das überhaupt möglich war. Im grellen Scheinwerferlicht wirkte ihre Haut blaß und zart wie Pergament, und ihr Lächeln, als sie das Publikum begrüßte, war aufgesetzt und erzwungen. Sie trug Haremshosen aus dunkelblauem Satin und eine leichte weiße Bluse mit langen Ärmeln. Eine breite rote Schärpe zierte ihre schmale Taille. Sie sah aus wie ein arabisches Straßenmädchen, als sie in den großen Korb griff, der vor ihr auf der Bühne stand.

»Ich möchte Ihnen eine Freundin von mir vorstellen«, sagte sie und zog eine riesige Schlange aus dem Korb. »Das ist Bathsheba, eine Pythonschlange aus Marokko.« Sie machte eine Pause und befeuchtete ihre Lippen. »Sie ist fast zwei Meter lang und tötet ihre Opfer, indem sie sie umschlingt und zu Tode quetscht.« Sierra legte die Schlange um ihren Hals, und das Tier wand sich augenblicklich um ihren Nacken. »Zumindest machte sie es früher so. Heute ist sie ganz anhänglich und zahm, wie Sie selber sehen können.«

»Mir kommt sie nicht gerade zahm vor«, flüsterte Deuce. »Ich hasse Schlangen. Schleimige Biester!«

Auch York kam die Python alles andere als zahm vor. Ihr dicker, muskulöser Körper um Sierras zarte Glieder verursachte ihm Übelkeit. Sierra schien jedoch keine Angst zu haben und behandelte die Schlange, als wäre sie ein Fuchspelz. Vielleicht war es ja doch nicht gefährlich . . .

Sierra sprach noch immer, aber ihre Worte kamen seltsam stockend, als müßte sie sich ein jedes genau überlegen. »Die meisten Leute glauben, Schlangen wären kalt . . . aber das ist . . . nicht . . . wahr.«

»Es stimmt etwas nicht mit ihr«, murmelte Deuce mit einem forschenden Blick auf Sierras Gesicht. »Sie schwankt wie ein betrunkener Seemann.«

York konnte sehen, was er meinte. Sierra starrte blind ins Publikum und schien das Ungetüm, das sich um ihren Körper wand, überhaupt nicht zu bemerken. Dann schüttelte sie den Kopf, als müsse sie irgend etwas fortschleudern.

»In Wirklichkeit sind sie ganz warm«, fuhr sie fort. »Nach der Vorstellung bringe ich Bathsheba an den Bühnenrand, dann können Sie . . . sie anfassen und . . . sich überzeugen . . .« Ihre Lider zuckten, dann fielen ihr die Augen zu. Ihre Knie gaben nach, und sie sank zu Boden.

»Das gehört nicht zu der Nummer!« rief York, bevor er aufsprang und auf die Bühne zulief. »Sie ist ohnmächtig geworden, verdammt!«

»Um Himmels willen!« schrie ein Bergarbeiter in der ersten Reihe. »Die Python erwürgt sie!«

Yorks Blick flog zu der leblosen Gestalt auf dem Bühnenboden. Der unerwartete Sturz schien die Python erschreckt zu haben, denn sie reagierte instinktiv verteidigend und zog ihren muskulösen Körper in Form einer Schlinge um Sierras Nacken und Schultern.

»Sierra!« Mit einem Satz stand York auf der Bühne und riß die Schlange zurück. »Deuce, hilf mir! Ich kann das verdammte Ding nicht richtig fassen. Zieh du am anderen Ende!« Er spürte, wie sich die mächtigen Muskeln der Python unter seinen Händen zusammenzogen. Sierra hatte sich nicht gerührt seit ihrem Sturz. Erstickte der Schlangenleib um ihren Hals sie bereits?

Deuce zerrte mit angewidertem Blick am Schwanz der Python. »Schlangen, Gott, wie ich die Biester hasse! Warum konnte sie nicht beim Messerwerfen in Ohnmacht fallen?«

Mit vereinten Kräften gelang es ihnen schließlich, die Python von Sierra fortzuzerren.

»Was machen wir mit ihr?« fragte Deuce. »Es ist fast so, als versuchte man, einen Tiger am Schwanz festzuhalten!«

»Wirf sie nach hinten auf die Bühne.«

»Mit Vergnügen.«

Sie ließen die Schlange frei, und sie glitt in eine Ecke.

»Sag einem der Bühnenarbeiter, er solle sie wieder in den Korb stecken, während ich sehe, ob Sierra etwas passiert ist.«

York wartete nicht ab, ob sein Befehl ausgeführt wurde, sondern ließ sich neben Sierra auf die Knie fallen. Sie war noch nicht bei Bewußtsein, schien jedoch mit dem Atmen keine Schwierigkeiten zu haben. Vielleicht hatten sie die Python doch noch rechtzeitig von ihr lösen können, bevor sie mehr Schaden als blaue Flecke anrichten konnte. Die zarte Haut an Sierras Hals wies bereits dunkle Stellen auf.

»Alles in Ordnung?« fragte Deuce. Er war stirnrunzelnd neben York stehengeblieben.

»Woher soll ich das wissen?« entgegnete York heiser. »Ich glaube nicht, daß die Schlange sie ernsthaft verletzt hat, aber sicher kann ich auch nicht sein. Wer weiß, warum sie überhaupt ohnmächtig geworden ist?« Beim Sprechen hatte er Sierra auf die Arme gehoben und sich aufgerichtet. »Aber das werden wir gleich herausfinden. Such den Bergwerksarzt und sag ihm, er soll sofort zu mir nach Hause kommen.«

»Soviel ich weiß, kümmern Artisten sich lieber selbst um ihre Leute«, wandte Deuce ruhig ein. »Sollten wir nicht besser mit Brady sprechen, bevor wir sie mitnehmen?«

Yorks Arme schlossen sich schützend um Sierras schmalen Körper. »Er hat seine Chance gehabt. Ich finde, er hat Sierra verdammt vernachlässigt, meinst du nicht?«

»Möglich«, gab Deuce mit einem schwachen Lächeln zu. »Das bedeutet wohl, daß du deine Ansicht geändert hast und das Mädchen uns nun doch etwas angeht, oder?«

»Ja.« York wandte sich ab. »Ich habe es mir anders überlegt. Hol so schnell wie möglich einen Arzt!«

Ein roter Schleier hüllte Sierra ein. Wo hatte sie schon einmal dieses Rot gesehen? Es war nicht lange her, und wenn es ihr gelänge, Ordnung in ihre Gedanken zu bringen, wüßte sie auch, wo. Dann verdichtete sich der Schleier zu einem Baldachin aus rotem Samt.

Wie oft habe ich als kleines Mädchen von einem Bett mit Baldachin geträumt, dachte Sierra schläfrig. Sie hatte sich immer vorgestellt, daß unter einem Baldachin zu schlafen ähnlich wie eine liebevolle, schützende Umarmung sein mußte. Es hatte in ihrer Kindheit Zeiten gegeben, wo sie froh sein konnte, überhaupt ein Bett zu haben. Meistens verfügte sie über nichts anderes als eine Matratze auf dem Boden, die sie mit ihrer Schwester teilen mußte.

»Wollen Sie den Baldachin den ganzen Tag anstarren?« Die tiefe Stimme war Sierra so vertraut wie der rote Samt. Ihr Blick glitt zu dem Mann, der in einem zierlichen Louis-XIV-Sessel neben ihrem Bett saß.

Strahlend blaue Augen im bronzefarbenen Gesicht eines griechischen Gottes. York Delaneys Gesicht. Sierra war nicht überrascht. Es kam ihr ganz natürlich vor, aufzuwachen und diesen unwahrscheinlich gutaussehenden Mann direkt neben ihrem Bett zu sehen. Er paßte zu Samtbaldachinen und Kinderträumen, die sich nie verwirklichten.

»Nein«, sagte sie. »Ich schaue lieber Sie an. Sie sind viel schöner.«

Er verzog das Gesicht. »Ich wünschte, Sie hörten auf, so etwas zu sagen. An derartig unverblümte Bemerkungen über meine körperlichen Attribute bin ich nicht gewöhnt. Es erinnert mich an Zeiten, als ich ein kleiner Junge war und versuchte, mir die Nase zu brechen, damit die Neckerei der anderen Kinder aufhörte.«

Er muß als Kind genauso verblüffend hübsch gewesen sein wie als Erwachsener, dachte Sierra. Sicher war es nicht leicht für einen Jungen mit den Attributen eines Apollos, die Sticheleien der anderen Kinder zu ertragen. Das konnte sie gut verstehen. Sie war auch ›anders‹ gewesen. »Ich werde mich bemühen, daran zu denken«, versprach sie.

»Tun Sie das.« Er beugte sich vor. »Hören Sie, Sierra,

der Doktor hat Sie vollgepumpt mit Beruhigungsmitteln und Antibiotika, und er sagte, Sie wären beim Aufwachen sicher ein bißchen benommen. Ich wollte Sie nicht erschrecken.« Er legte seine Hand auf ihre. Sie ist warm und schützend, obwohl sie so hart ist, dachte Sierra verträumt. Fast so beruhigend wie der Baldachin über ihr. »Erinnern Sie sich an die Schlange?« fragte York.

Sierra mußte sich konzentrieren, aber dann fiel ihr alles ein. »Bathsheba.«

»Als Sie ohnmächtig wurden, beschloß Ihre Schlangenfreundin, daß Sie ein Feind sein müßten und versuchte Sie totzuquetschen. Zum Glück gelang es Deuce und mir, die Python fortzuzerren, bevor sie allzu großen Schaden anrichten konnte.«

Sierra runzelte die Stirn. »Ist ihr etwas passiert?«

»Ihr?« York holte entrüstet Luft. »Ich sagte gerade, sie hätte Sie fast erwürgt, und Sie machen sich Sorgen um die Schlange?«

»Sie wollte mich sicher nicht erwürgen. Sie ist eigentlich ein sehr nettes Tier. Sie haben sie doch nicht verletzt, oder?«

York schwieg, als zählte er bis zehn. Dann sagte er langsam und sehr betont: »Nein, wir haben sie nicht verletzt. Vielleicht begreifen Sie unsere Besorgnis, wenn Sie die Druckstellen auf Ihrem Hals und Ihren Schultern sehen.«

»Man kann einem Tier nicht verübeln, daß es seinen Instinkten gehorcht.« Sierra schaute sich im Zimmer um. »Bin ich auf der Chicken Ranch?«

»Chicken Ranch?«

»Nein? Ach ja, das war ein anderes Bordell.« Sie rieb ihre Stirn. »Ich glaube, ich bin ein bißchen verwirrt.«

York nickte. »Die Beruhigungsmittel. Aber machen Sie

sich keine Sorgen, Sie sind in meinem Haus in Hell's Bluff. Ein Arzt hat Sie untersucht und eine akute Bronchitis und starke Erschöpfungserscheinungen bei Ihnen festgestellt.«

»Bronchitis? Das ist ja wunderbar!« rief Sierra glücklich.

»Bronchitis ist wunderbar?«

»Ich hatte befürchtet, es könnte wieder eine Lungenentzündung sein. Ich lag damit im Krankenhaus, bevor ich zu Bradys Truppe kam, und ich dachte, ich hätte sie nie richtig überwunden.« Sie lächelte strahlend. »Aber es ist nur eine Bronchitis!«

»Woraus leicht eine Lungenentzündung hätte werden können, wenn Sie so weitergemacht hätten.«

»Aber so war es nicht. Ist das nicht wunderbar?«

York musterte ihr freudig gerötetes Gsicht, und seine Züge wurden weicher. »Ja, es ist wunderbar«, sagte er sanft. »Aber der Doktor sagt, Sie müßten in Zukunft besser auf sich aufpassen. Geregelte Mahlzeiten, mehr Ruhe und keine allzu harte Arbeit.«

»Oh, in ein paar Tagen wird es mir besser gehen. Ich bin eigentlich ziemlich kräftig.« Sie gähnte verstohlen. »Sie werden schon sehen. In ein, zwei Tagen bin ich wieder auf den Beinen. So ist es immer bei mir.«

»Sie sind müde. Wir sprechen weiter darüber, wenn Sie geschlafen haben.« York lehnte sich im Sessel zurück.

»Na schön, wie Sie wollen.« Er hat recht, dachte sie. Sie war so müde, daß sie kaum noch die Augen offenhalten konnte. »Sie brauchen nicht zu bleiben. Ich bin es gewöhnt, allein zu sein.«

Yorks Hand schloß sich fester um ihre. »Wirklich?« fragte er eine Spur heiser. »Nun – ich bin es nicht. Stört es Sie, wenn ich noch ein bißchen sitzenbleibe?«

Sierras Finger schlossen sich vertrauensvoll wie die eines Kindes um seine Hand. Sie machte die Augen zu. »Nein, es stört mich nicht. Ich glaube, ich würde gern . . .«

Helle Morgensonne strömte durch die roten Samtvorhänge. Als Sierra diesmal die Augen öffnete, verschleierte nichts ihren Blick, und ihr Verstand war hellwach. Aber sie war sehr betroffen.

»Darf ich hereinkommen?« rief eine Stimme, und dann erschien Deuce Moran in der Tür. Er trug ein zugedecktes Tablett in der Hand. »Ich habe angeklopft, aber Sie haben es sicher nicht gehört.«

»Ich bin gerade aufgewacht.« Sierra setzte sich auf, dann schaute sie beunruhigt auf die rote Satindecke, die auf ihre Taille hinabgerutscht war. Als sie merkte, daß sie ihren verschossenen grauen Pyjama trug, atmete sie erleichtert auf. Wenigstens war sie angezogen. »Ihr Klopfen wird mich geweckt haben.«

»Ich dachte mir, Essen wäre jetzt wichtiger als Schlafen.« Er kam ins Zimmer und stellte das Tablett auf dem Bett ab. »Selbst nach all diesen Vitaminspritzen, die der Arzt Ihnen gegeben hat, bin ich der Ansicht, genug ist genug. Fangen Sie mit dem Orangensaft an, und ich hole Ihnen einen feuchten Lappen, damit Sie sich das Gesicht waschen können. Danach werden Sie sich besser fühlen.« Er blieb nicht lange fort, und anstatt Sierra den Waschlappen zu geben, rieb er ihr selbst das Gesicht ab, als wäre sie ein kleines Kind. »So.«

»Danke.« Sierra lächelte ihn an. »Es scheint Ihnen allmählich zur Gewohnheit zu werden. Ich werde in Zukunft sauberer sein und Ihnen die Mühe ersparen.«

»Es macht mir keine Mühe.« Er warf das feuchte Tuch auf den Nachttisch und setzte sich auf einen Stuhl neben dem Bett. »Ich gewöhne mich langsam daran.«

Er klingt so furchtbar britisch im Moment, dachte Sierra. »Sind Sie Engländer?«

Es zuckte um Deuces Lippen. »Oh, Sie haben erraten, daß ich nicht aus dem Wilden Westen stamme? Wie haben Sie das bloß gemerkt? Bei Berlitz wurde mir versichert, meine lässige Sprechweise sei fast perfekt.«

»Mein angeborener Scharfsinn«, entgegnete Sierra lachend und biß in eine Scheibe Toast. »Sind Sie Engländer?«

Er nickte. »Aus Liverpool. Aber ich betrachte mich mehr als Weltbürger.« Er machte eine grandiose Bewegung mit einem Arm. »Natürlich ist die Welt mir dafür ungeheuer dankbar.«

»Arbeiten Sie für Mr. Delaney?«

»Jeder in Hell's Bluff arbeitet für Mr. Delaney – auf die eine oder andere Art. Ich bin sein Privatsekretär.«

»Aber es ist mehr als das, nicht wahr? Sie sind Freunde.«

»Ja«, bestätigte er ruhig. »Wir sind Freunde.« Dann lächelte er nachsichtig. »Sie sind wirklich sehr scharfsinnig, Miss Smith.«

»Sierra. Wie ich hörte, bewahrten Sie mich davor, erwürgt zu werden. Danach können wir sicher auf Formalitäten zwischen uns verzichten.«

»York hat Sie gerettet. Ich habe ihm nur dabei geholfen. Ich hasse Reptile.« Er verzog das Gesicht. »Wenn ich nicht befürchtet hätte, daß York mich umbringen würde, wenn ich ihm nicht helfe, wären Sie sicher noch ein bißchen länger in einer recht unbequemen Situation gewesen. Zumindest lange genug, bis ich den Mut aufgebracht hätte, das widerliche Biest anzufassen.«

»Das bezweifle ich.«

»Tun Sie es nicht. Ich bin kein Held. Manche Männer sind dazu geboren, Drachen zu töten; andere Männer, um darüber zu berichten. Der Drachentöter ist York.« Er lächelte schwach. »Obwohl ich ihn noch nie um eine hilflose Jungfer kämpfen sah.«

Sierra hob abrupt den Kopf. »Ich bin nicht hilflos, höchstens ein bißchen geschwächt. Aber hilflos wirklich nicht.«

»Sagen Sie das York. Es ist nicht leicht, seine Beschützerinstinkte zu wecken, aber wenn es geschieht, ist es wie eine Flutwelle.« Er lächelte grimmig. »Lassen Sie es sich von einem gesagt sein, der es weiß.«

»Ich werde es ihm sagen.« Sie legte ihre Gabel fort und schob das Tablett beiseite. »Wo ist er?«

»Moment!« Deuce schob das Tablett zurück. »Übereilen Sie nichts. York ist in der Mine. Er war in den letzten drei Tagen hier bei Ihnen und meinte, er müsse sich mal wieder im Bergwerk sehen lassen.«

Sierra machte große Augen. »Drei Tage?«

»Der Doktor hatte Ihnen Ruhe verordnet. Er hat Sie unter Beruhigungsmitteln gehalten.«

Sierra konnte es fast nicht glauben. »Ich bin schon drei Tage hier? Was ist mit Bradys Truppe?«

»Sie sind fort. Schon seit zwei Tagen.«

Sierra spürte Panik in sich erwachen. »Was soll das heißen, sie sind fort? Sie haben mich *zurückgelassen*?«

»Es blieb ihnen nichts anderes übrig. York war etwas . . . gereizt nach Ihrem Zusammenbruch, und das muß Brady veranlaßt haben, sofort nach der Vorstellung einzupacken und die Stadt zu verlassen. Die Truppe reiste ab, während York noch auf den Bericht des Arztes wartete.«

»Aber sie können mich nicht einfach zurückgelassen haben«, flüsterte Sierra. »Sie *brauchen* mich doch! Hat Chester denn keine Nachricht für mich hinterlassen?«

»Doch. Er schickte Ihre Sachen und sagte, er würde sich später mit Ihnen in Verbindung setzen, um Ihnen den Tourneeplan der Truppe mitzuteilen.«

»Später? Und was soll ich solange tun? Ohne Job?«

»Sie ruhen sich aus, wie der Arzt befohlen hat«, erklärte Deuce sanft. »Machen Sie sich keine Gedanken, Sierra. York wird bestens für Sie sorgen.«

Sierra fuhr sich abwesend mit den Fingern durch das Haar. »Was soll das heißen? Ich kann von York nichts annehmen. Er ist ein Fremder für mich.« Sie holte tief Luft, um sich zu beruhigen. »Sagen Sie Mr. Delaney bitte, daß ich ihm für seine Fürsorge dankbar bin, aber keine Almosen annehmen werde. Wenn Sie mir jetzt sagen, wo meine Kleider sind, ziehe ich mich an und mache mich auf den Weg.«

Deuce schüttelte den Kopf. »Der Arzt hat Ihnen mindestens einen Monat Ruhe verordnet, bevor Sie Ihre Arbeit wieder aufnehmen können. Aber wahrscheinlich brauchen Sie noch sehr viel länger, wenn Sie vorhaben, wieder an dem Marathonlauf von Bradys Truppe teilzunehmen. Essen Sie jetzt Ihr Frühstück!«

»Ich habe keinen Hunger.«

Deuce seufzte. »Mein liebes Kind, was macht es schon, wenn Sie York eine Woche oder so für sich sorgen lassen? Wissen Sie, wie reich die Delaneybrüder sind?«

Gibt es in Arizona jemanden, der es *nicht* weiß? dachte Sierra. Die Delaneydynastie war eine Legende, seit vielen Generationen schon, und jeder wußte, daß sie

Bergwerke besaßen, Ranches und ein weitgestreutes Netz von Industrieunternehmen. Man konnte in Tucson nicht über die Straße fahren, ohne das Shamrock-Emblem auf Lastwagen oder Gebäuden zu sehen. Und man brauchte nur eine Tageszeitung zu öffnen, um die letzten Neuigkeiten über Killara – die Heimstätte der Delaneys – oder die berühmte Shamrock-Pferderanch zu erfahren.

Wie lange kennst du das Shamrock-Emblem schon? überlegte Sierra. Sie wußte, daß die Dynastie der Delaneys Anfang Achtzehnhundert gegründet worden war, von einem lebhaften irischen Einwanderer, Shamus Delaney, der Generationen von ähnlich lebhaften Nachfahren gezeugt hatte. Und natürlich war Sierra auch bekannt, wie reich die Delaneys waren, denn was die Aktivitäten der Shamrock Trinity betraf – der letzten drei noch lebenden Brüder – konnte man alles nachlesen, nicht nur in den Wirtschaftsblättern, sondern auch in den Klatschmagazinen.

»Ich weiß, wie reich sie sind«, sagte Sierra und preßte verdrossen die Lippen zusammen. »Aber das ändert für mich nichts. Wohltätigkeit besteht aus Almosen. Ich verdiene mir meinen Lebensunterhalt selbst. Wenn ich nichts zu geben habe, kann ich auch nichts nehmen.«

»Es wird York nicht gefallen.«

»Du hast verdammt recht.« Sierra schaute auf, als Yorks Stimme an der Tür erklang. »Und er wird sich diesen Unsinn nicht länger anhören.« Er hob den Daumen. »Laß uns allein, Deuce, ja? Ich rede mit ihr.«

Deuce stand auf. »Hoffentlich hast du mehr Glück als ich«, sagte er im Vorbeigehen zu York. »Sie ist starrköpfiger als ich dachte.«

Dann schloß sich die Tür hinter ihm.

»So, jetzt können wir das in Ruhe klären«, sagte York. Er schlenderte durch den Raum. »Ich vermute, Sie beklagen sich, weil Sie ruhen müssen und vernünftig sein sollen.«

»Ich verdiene meinen Lebensunterhalt selbst«, wiederholte sie trotzig. »Es ist sehr nett von Ihnen, mich . . .«

»Ich bin nicht nett«, fiel er ihr ins Wort. »Und weder sanft noch galant, das möchte ich gleich klarstellen. Als ich Sie zum ersten Mal sah, wollte ich nichts mit Ihnen zu tun haben, weil Sie Emotionen in mir auslösten, die mir völlig unbegreiflich waren. Ich kann mit diesen Gefühlen nichts anfangen. Mir gefällt mein Leben so, wie es ist. Wenn ich mit einer Frau zusammen bin, handelt es sich nur um Sex, ganz schlicht und einfach und völlig unkompliziert.« Er maß Sierra mit einem sehr direkten Blick. »Wenn Sie mich also in dieser spezifischen Währung bezahlen wollen, würde ich es möglicherweise sogar annehmen.«

Sierra stockte der Atem. »Sex?« Ihre Stimme war fast unhörbar. »Sie wollen . . . Sex mit mir?«

Ein Lächeln spielte um seine Mundwinkel. »Warum sind Sie so erstaunt? Einen solchen Vorschlag müssen Sie doch schon öfter erhalten haben. Sie sind kein Kind mehr.«

Sierra befeuchtete nervös ihre Lippen. »Ich bin nicht sexy. Warum sollten Sie mit mir ins Bett gehen wollen?«

York setzte sich neben sie auf den Bettrand. »Offensichtlich besitze ich einen ausgesprochen esoterischen Geschmack. Ich finde den Gedanken, mit Ihnen ins Bett zu gehen, sehr erotisch. In jener ersten Nacht, als ich Sie sah, lag ich später im Bett und dachte, wie zart und feingliedrig Sie sind, wie schmal, und wie sehr ich aufpassen müßte, um Ihnen nicht weh zu tun.«

Sierra starrte ihn wie hypnotisiert an.

»Sie haben Augen, die jede Empfindung widerspiegeln«, fuhr York fort. »Wußten Sie das? Ich frage mich, was ich in ihnen sehen würde, wenn ich Sie in den Armen hielte.« Er senkte die Stimme, sie war kaum mehr als ein Flüstern. »Und wie es sein mag, mich in Ihrem schlanken, weichen Körper zu vergraben . . .« Er betrachtete Sierras Hand, die auf der Bettdecke ruhte. »Wie mag sich diese kleine, zierliche Hand auf meinen Schenkeln anfühlen, wenn sie langsam höhergleitet und . . .«

»Hören Sie auf!« Sierra legte beide Hände an ihre erhitzten Wangen. »Sie . . . Sie machen Spaß, oder?«

»Glauben Sie das?« entgegnete er mit ausdrucksloser Miene. »Warum sollte es Spaß sein?«

»Weil Sie . . .« Sie brach hilflos ab und hob die Hand. »Und ich . . .«

»Sie haben sich klar genug ausgedrückt«, entgegnete er spöttisch. »Sie sind also nicht bereit, auf meinen Vorschlag einzugehen? Schade. Ich hielt ihn für die perfekte Lösung.«

Sierra schüttelte den Kopf. »Ich bin keine Hure«, sagte sie geistesabwesend, während sie prüfend sein Gesicht betrachtete. »Es war wirklich nur Spaß, nicht wahr, York? Sie könnten jede Frau haben, die Sie begehren. Warum dann ausgerechnet mich?«

»Ich dachte, das hätte ich bereits ausreichend erklärt.« York stand auf. »Aber beruhigen Sie sich. Wir vergessen es. Ich verspreche Ihnen, Sie nicht zu belästigen, während Sie sich von Ihrer Bronchitis erholen.« Er schlenderte zur Tür. »Ruhen Sie sich aus und konzentrieren Sie sich ganz darauf, gesund zu werden.«

»Mr. Delaney . . .«

York war schon an der Tür, aber er drehte sich noch einmal um. »Es ist üblich, einen zukünftigen Bettgefährten mit dem Vornamen anzusprechen.«

»Aber das ist doch nicht der Fall bei uns«, protestierte Sierra mit klarer Stimme, obwohl ihre Miene noch immer Unsicherheit verriet. »Sie haben sich das doch nur ausgedacht, um mich dazu zu bringen, daß ich in den nächsten Wochen von Ihrer Wohltätigkeit lebe!«

»So?« Sein Blick wurde warm und eindringlich, als er ihn langsam über Sierra gleiten ließ. »Ich glaube, das müssen Sie sich schon selbst beantworten. Hörte es sich an, als machte ich Spaß?«

»Nein«, flüsterte Sierra. Ihre Augen wirkten riesengroß in ihrem blassen Gesicht.

»Dann verlassen Sie sich nicht darauf, Sierra. Keine Sekunde lang.« Damit verließ er den Raum und schloß die Tür.

Sierra holte tief Atem und bemühte sich um Ruhe. Sie kam sich vor, als sei sie in einen Sturm geraten und kräftig durchgeschüttelt worden. Das merkwürdige Flattern in ihrem Magen und das Gefühl der Enge in ihrer Brust hatten nichts mit der Bronchitis zu tun. Yorks Worte hatten ihr ihren eigenen Körper mit einer Deutlichkeit zu Bewußtsein gebracht, die sie selbst verblüffte.

Sie hatte gewußt, daß sie nicht häßlich war, sich aber auch nie für reizvoll genug gehalten, um einen Mann stark anzuziehen. Meistens waren es Beschützerinstinkte, die sie bei Männern weckte. Immer war sie für sie die kleine Schwester gewesen, die Tochter, die Spielkameradin. Und nun wurde sie ganz urplötzlich als begehrenswerte Frau betrachtet!

Sierra hatte keine Verlegenheit in Yorks Nähe empfunden, weil sie nie auf den Gedanken gekommen wäre, er könne andere Gefühle für sie entwickeln als jeder andere Mann, den sie kannte. Für sie war York wie eine schöne Statue gewesen, oder wie ein hinreißend attraktiver, aber völlig unerreichbarer Filmschauspieler, der keinerlei Bezug zu ihrem Leben hatte.

Jetzt war sie innerlich so aufgewühlt und elektrisiert, daß es fast schmerzte. So darfst du dich nicht fühlen, ermahnte sie sich streng. Männer wie York Delaney entwickelten keine überraschenden Leidenschaften für mausgraue Wesen wie Sierra Smith. Er warf ihr nur einen Köder zu, um sie von weiteren Protesten abzuhalten. Deuce hatte gesagt, York könne sehr entschieden sein, wenn seine Beschützerinstinkte geweckt waren.

Nein, Yorks Gerede war nur ein Trick, sagte sie sich. Ein gutgemeinter Trick – und dennoch Betrug. Etwas anderes durfte sie sich nicht zu denken erlauben. Sie mußte ihre erotischen Gefühle für ihn verbannen und sich statt dessen auf die Beendigung dieser für sie so demütigend hilflosen Lage konzentrieren. Entschlossen nahm sie die Gabel in die Hand und begann zu essen. Sie hatte keinen Hunger, aber für welchen Plan sie sich auch entscheiden mochte, sie brauchte ihre ganze Kraft dazu.

York war vor Sierras Tür stehengeblieben und atmete tief auf. Sie hatte ihm kein Wort geglaubt, aber er hätte nicht sagen können, ob er deshalb beleidigt oder erleichtert war. Genausowenig wußte er, was er getan hätte, falls sie seinen Vorschlag angenommen hätte. Ihr offensichtliches Unbehagen über den Verlust ihrer geliebten Freiheit hatte ihn veranlaßt, ganz impulsiv zu sprechen. Es war ihm gelungen, sie mit seinem Angebot abzulenken, aber der Preis dafür mochte höher sein, als York zu zahlen bereit war. Sierra war imstande, die verwirrendsten Emotionen in ihm auszulösen, weckte Zärtlichkeit in ihm, Besitzerinstinkte und sogar Zorn.

Lieber Himmel, dachte York, eine solche Zärtlichkeit habe ich überhaupt noch nie empfunden! Er war sich dieses Gefühls in den letzten Tagen quälend häufig bewußt geworden. Leider war es nicht die einzige Qual, die er erfahren hatte, seit er Sierra kannte. Wie war es möglich, daß reine Sinneslust und eine solch tiefgehende Zärtlichkeit nebeneinander existieren konnten?

Er wollte weder das eine noch das andere, verdammt. Er hatte sein ganzes Leben getan, was er wollte und wann er wollte und war nicht bereit, irgendwelche Beschränkungen oder Bindungen zu akzeptieren. Und er konnte seinem guten Stern danken, daß Sierra ihm nicht geglaubt hatte! Wer weiß, ob er diese fixe Idee je wieder losgeworden wäre, wenn seine erotischen Phantasien Verwirklichung gefunden hätten. Nun verfügte er wenigstens über eine Atempause, um wieder zur Vernunft zu kommen.

Er begann die Treppe hinunterzugehen. Das Vernünftigste wäre, dachte er, Sierra so selten wie möglich zu sehen, bis sie sich soweit erholt hatte, daß sie Hell's Bluff verlassen konnte. Schwierig würde es nicht sein, ihr aus dem Weg zu gehen. Er brauchte sich nur tagsüber zu beschäftigen und seine Abende im ›Soiled Dove‹ zu verbringen. Mit etwas Glück . . .

Er war so ins Pläneschmieden vertieft, daß ihm völlig entging, wie er auf dem ganzen Weg über die Treppe gebannt auf das Porträt von Rising Star starrte.

4

»Was machen Sie da?« fragte Deuce, als er ins Schlafzimmer kam. Sierra saß auf der Bettkante. »Legen Sie sich wieder hin! Ich dachte gleich, ›zu schön, um wahr zu sein‹, als York mir sagte, unser Problem wäre für den Augenblick gelöst.«

»Ich wollte das Tablett hinunterbringen.« Yorks *Problem* ist tatsächlich gelöst, dachte Sierra ironisch, aber anders, als er denkt. »Meine Beine wollen mir nicht gehorchen. Ich bin schwach wie ein kleines Kind.« Sie zog die Beine aufs Bett zurück und die Decke hoch. »Ich muß es später noch einmal versuchen.«

»Ich bin froh, daß es etwas gibt, was Sie zu vernünftigem Verhalten zwingt.« Deuce bückte sich, um das Tablett aufzuheben, das Sierra auf den Fußboden gestellt hatte. »Ich bringe es in die Küche zurück.« Er nickte anerkennend. »Sie haben alles brav aufgegessen. York wird sich freuen.«

»Ich habe es nicht für York getan, sondern für mich«, erklärte Sierra ruhig. »Sie und York scheinen mich für ein wirrköpfiges Kind zu halten. Ich habe gegessen, weil ich Kraft benötige für das, was ich vorhabe. Aber dazu brauche ich auch Information. Wären Sie bereit, zurückzukommen und mit mir zu reden, wenn Sie das Tablett hinuntergebracht haben?«

Deuce musterte sie nachdenklich. Dann nickte er. »Ich komme zurück. Sie entwickeln sich zu einem sehr interessanten Gast, Sierra.«

Seinem Versprechen getreu kam er fünfzehn Minuten später zurück, diesmal mit einem Tablett mit Tee. Er stellte es auf den Nachttisch und schenkte zwei Tassen ein. Lächelnd reichte er Sierra eine. »Ist Ihnen schon mal aufgefallen, wie wir zu Mitteln aus unserer Kindheit greifen, wenn wir unter Druck stehen? Es ist Monate her, seit ich das Bedürfnis hatte, eine gute Tasse Tee zu trinken.«

Sierra lächelte. »Ich habe nicht vor, Sie unter Druck zu setzen. Ich möchte nur wissen, welche Möglichkeiten mir zur Verfügung stehen. Wenn ich Fragen stelle, die Sie nicht beantworten möchten, brauchen Sie mich nur in den Regen zurückzuschicken.«

»Damit Sie sich eine Lungenentzündung holen? York würde mich umbringen. Da ist es sicherer, Ihre Fragen zu beantworten.« Er winkte mit der Hand. »Sie können mit dem Verhör beginnen.«

»Ich möchte genau wissen, wie meine Lage ist. Ich habe Verpflichtungen, aber kein Geld. Ich brauche einen Job. Chester sagte, Hell's Bluff sei eine reine Bergwerksstadt und Bergbau die einzige Industrie hier. Ist das wahr?«

Deuce nickte. »Stadt und Bergwerke gehören der Firma Delaney – mit allem Drum und Dran.«

Sierra biß sich auf die Lippe. »Es muß doch noch andere Dienstleistungsbetriebe geben. Restaurants? Oder Bars?«

Er schüttelte den Kopf. »York hat unten bei der Mine einen Speisesaal bauen lassen, der rund um die Uhr geöffnet ist. York hat einen erstklassigen Koch und Personal eingestellt, und das Essen ist besser als in den meisten Restaurants in Tucson.« Er machte eine Pause. »Außerdem ist es umsonst – eine zusätzliche Firmenleistung. Kein privates Restaurant könnte damit konkurrieren.«

»Das verstehe ich«, stimmte Sierra zu. Dann fragte sie stirnrunzelnd: »Und wie sieht es mit Unterhaltung aus?«

»Wir haben das Theater, das allerdings nur selten benutzt wird, und Kabelfernsehen. Im Speisesaal befindet sich eine riesige Leinwand, und York läßt jede Woche die neuesten Videofilme einfliegen.«

»Und der Arzt?«

»Ist Angestellter der Firma Delaney. Genau wie seine Assistenten.«

»Warum habe ich das Gefühl, in ein Minikönigreich geraten zu sein?« fragte Sierra düster. »Es muß doch etwas geben . . .« Plötzlich hob sie den Kopf. »Chester erwähnte ein Lokal . . . Wie hieß es doch noch?« Dann hellte sich ihr Gesicht auf. »Ich hab's! Es heißt ›The Soiled Dove‹!«

Deuce machte ein argwöhnisches Gesicht. »Und was hat er über dieses Lokal gesagt?«

»Ich kann mich nicht genau entsinnen. Ich war in jener Nacht ein bißchen daneben. Ich glaube, ich hatte Fieber.« Sie verzog das Gesicht. »Sagen Sie bloß, es gehört York auch?«

»Nein, er hat nur das Gebäude an Melanie Dolan verpachtet. Mit dem Lokal selbst hat er nichts zu tun.«

»Ist es eine Bar? Der Name klingt interessant.«

Deuce nickte spöttisch. »Danke. Ich habe ihn Melanie selbst vorgeschlagen. Ich fand, er paßte.«

»Paßte?«

»Der Name hat eine gewisse historische Bedeutung.«

»Meinen Sie, ich könnte dort einen Job bekommen?«

Deuce wirkte ein bißchen überrascht. »Das wäre York bestimmt nicht recht! Ich glaube sogar, er wäre sehr dagegen.«

»Wie schade«, entgegnete Sierra kühl. »Wenn es das

einzige Lokal in der ganzen Stadt ist, das nicht den Namen Delaney trägt, kann ich nicht wählerisch sein. Es muß doch etwas geben, was ich tun kann. Bei Bradys Truppe habe ich sehr viel Anpassungsfähigkeit erworben.«

»Das wäre in Melanies Geschäft zweifellos ein Plus«, antwortete Deuce trocken. »Aber vergessen Sie es, Sierra. Es geht nicht.«

»Warum nicht? Ein guter Arbeiter findet immer etwas. Was mir an Erfahrung fehlt, macht mein Enthusiasmus wieder wett.«

Deuces Belustigung verwandelte sich in schallendes Gelächter. »Angesichts Ihrer Entschlossenheit bin ich überzeugt, daß Sie innerhalb kürzester Zeit die ›Belle‹ in Melanies Unternehmen wären.« Er kicherte leise. »Ich würde meine Augenklappe dafür geben, Yorks Gesicht zu sehen, wenn er Sie bei Melanie entdeckt.«

»Gut. Dann sind Sie sicher bereit, mich Melanie vorzustellen und ein gutes Wort für mich einzulegen? Ich weiß, daß Sie mir keine Referenzen geben können, aber . . .« Sie brach stirnrunzelnd ab. »Warum lachen Sie? Ich meine es ernst.«

»Deshalb lache ich ja.« Er lehnte sich zurück. Seine Schultern zuckten vor Belustigung. »Möchten Sie wissen, was mit der Bezeichnung ›soiled dove‹ ursprünglich gemeint war?«

Sierra seufzte. »Ich kann es mir allmählich denken.«

Deuce nickte. »Eine ›befleckte Taube‹ ist ein leichtes Mädchen, ein Nachtfalter, eine . . .«

»Das hätte ich mir denken können«, unterbrach Sierra ihn schnell. »Es ist also keine Bar?«

»O doch, eine Bar ist es auch. Als Melanie das Gebäude pachtete, bestand York darauf, daß es so authentisch blieb wie der Rest der Stadt. Also richtete Melanie das Erdgeschoß wie einen Wildwestsaloon aus alten Zeiten ein. Melanies ›Mädchen‹ ziehen sich wie Tanzmädchen an, spielen ihre Rolle bis zur Perfektion und wissen, was von ihnen erwartet wird. Man kann bei Melanie eine Partie Karten spielen oder einen Drink haben.« Er machte eine kurze Pause. »Oder alles andere, was man will.«

»Ich nehme an, die ›Soiled Dove‹ hat mehr Zulauf als die Videofilme im Speisesaal?«

»Eine durchaus berechtigte Annahme, Sierra.«

»Aber Chester sagte, York erlaubte keine Frauen in Hell's Bluff. Weil sie seiner Ansicht nach nur Unruhe stiften.«

»Nur bestimmte Frauen – die Art, zu denen ein Mann ein gefühlsmäßige Bindung eingeht«, entgegnete Deuce. »Er hat recht, Sierra. Ich habe es in den Bergwerken in Südamerika und Afrika gesehen. Die Männer bringen sich um für eine Frau, die sie haben wollen und die unerreichbar für sie ist. Wenn eine Frau hingegen für alle verfügbar ist, kommt weder Eifersucht noch Ärger auf.«

»Eine etwas einfältige Einstellung, finde ich.«

»Möglich. Aber, wie gesagt, es funktioniert.«

Sierra runzelte die Stirn. »Trotzdem müßte es dort etwas für mich zu tun geben – vom Offensichtlichen einmal ganz abgesehen«, meinte sie nachdenklich.

Deuce straffte die Schultern. Seine Belustigung war abrupt verflogen. »Nein, Sierra. Das ›Dove‹ mag ein anständig geführtes Lokal sein, aber es geht dort höllisch rauh zu. Es ist kein Ort für Sie. York würde . . .«

Sierra schnitt ihm mit einer Handbewegung das Wort ab. »Ich muß in Ruhe darüber nachdenken. Im Moment kann ich sowieso nichts tun. Zuerst muß ich mich ein bißchen besser fühlen.«

Deuce entspannte sich sichtlich. »Sehr vernünftig.«

»Aber ich will schon einmal anfangen, York zurückzuzahlen, was er für meine Behandlung und meinen Unterhalt ausgibt. Sicher hat er genug Personal im Haus?«

»Sierra . . .« Deuce schüttelte den Kopf. »Geben Sie sich nie geschlagen? Aber ich will Ihre Frage beantworten: Er hat nicht genügend Personal. Er hat nicht einmal eine Haushälterin. Es hat etwas mit einer lebenslangen Hausangestellten der Delaneys zu tun, die momentan bei seinem Bruder Rafe lebt. York will die Frau nicht hier haben, aber um ihre Gefühle nicht zu verletzen, kann er auch keine andere Haushälterin einstellen. Deshalb läßt er unsere Mahlzeiten aus dem Speisesaal der Firma kommen, und Melanies Hausangestellte kommt einmal in der Woche, um gründlich sauberzumachen. Die übrige Zeit kümmern wir uns selbst um alles.«

»Er kann keine Haushälterin einstellen, weil er die Gefühle seiner früheren nicht verletzen will?« fragte Sierra ungläubig. »Und das soll der *zähe Brocken* Delaney sein, von dem ich soviel gehört habe?«

»Das ist *York* Delaney. Er ist kein einseitiger Mensch. Das werden Sie schon noch feststellen, Sierra.«

»Ich bezweifle, daß mir Zeit bleibt, überhaupt noch etwas über ihn festzustellen.« Leise Wehmut erwachte bei diesen Worten in ihr. »Ich bin ihm schon lange genug zur Last gefallen. Ich muß schauen, daß ich auf die Beine komme und ihn nicht mehr belästige.«

»Das wird sich zeigen.« Deuce stand auf. »Trinken Sie jetzt Ihren Tee, und versuchen Sie, ein bißchen zu schlafen. Ich komme in ein paar Stunden zurück und unterziehe mich einem weiteren Verhör. Ich bringe auch Spielkarten mit.« Er schaute Sierra nicht an, als er seine Tasse auf das Tablett stellte und es aufhob. »Spielen Sie Poker, Sierra?«

»Nein, ich habe es nie gelernt.«

Er warf ihr einen erfreuten Blick zu. Seine Augen funkelten mutwillig. »Das macht nichts. Ich bringe es Ihnen bei.«

»Was soll das heißen? Was machen Sie hier?« Yorks Stimme klang sowohl empört als auch verzweifelt, als er mitten in der Küche stehenblieb und zu Sierra hinübersah.

Ihr Herz machte einen kleinen Sprung und begann dann doppelt so schnell zu klopfen. Sie holte tief Luft, um sich zu beruhigen, aber sie drehte sich nicht um. »Ich lege frisches Papier in die Schränke. Es ist sinnlos, die Bretter abzuwaschen und dann das alte Papier zurückzulegen. Außerdem paßt das karierte Muster besser zu den Kiefernschränken. Es sieht mehr nach Wildem Westen aus . . .«

»Kommen Sie sofort von der Leiter herunter!«

»Gleich. Es ist das letzte Fach, dann . . . York!« Er hatte sie von hinten um die Taille gefaßt und von der Leiter gehoben. Dann setzte er sie auf die Anrichte.

Ihre Augen befanden sich auf gleicher Höhe, und die seinen funkelten vor Zorn. »Verdammt, warum klettern Sie mit der Leiter durch das ganze Haus? Besitzen Sie denn überhaupt keinen Verstand?«

»Gerade weil ich Verstand besitze, benutze ich die Leiter«, entgegnete Sierra sachlich. »Wie soll ich ohne

Leiter an die oberen Fächer kommen? Wir sind nicht alle Riesen wie Sie.«

»Ich erwarte überhaupt nicht, daß Sie Regale schrubben! Ich erwarte von Ihnen, daß Sie im Bett liegen, verdammt nochmal!«

»Ich habe im Bett gelegen«, gab sie ärgerlich zurück. »Eine ganze Woche lang – und das waren vier Tage mehr als vorgesehen. Ich wäre schon am vergangenen Mittwoch aufgestanden, wenn die Partie Poker nicht gewesen wäre.«

»Poker?«

Sie nickte. »Deuce hat mir das Spielen beigebracht, und er bestand darauf, daß es ohne richtigen Einsatz nicht geht.«

Yorks Ärger verflüchtigte sich. »Was für ein Einsatz?«

»Nun ja, da ich kein Geld hatte, schlug er vor, um Stunden zu spielen.«

»Stunden?«

»Ja, es war ziemlich kompliziert. Wir setzten die Stunden, die ich im Bett bleiben sollte, ohne mich zu beklagen, und bevor ich wußte, wie mir geschah, hatte ich einhundertzweiundsiebzig Stunden verloren.« Sie schaute York stirnrunzelnd an. »Wissen Sie, York, ich glaube, er schummelt.«

»Wirklich?« York lächelte schwach. »Das ist eine ernste Anschuldigung.«

»Er *schummelt*«, bestätigte Sierra entschieden.

York nickte. »Er ist ein wahrer Meister darin. Er war Berufsspieler, bevor wir uns in einem kleinen Bergwerkslager in der Nähe von Baranquilla kennenlernten. Leider betrachtet er das Schummeln als wichtigen Bestandteil jedes Spiels. Es hat seine Karriere sehr interessant gemacht und gleichzeitig äußerst riskant.«

»Haben Sie ihn diesmal dazu aufgefordert?«

»Ich wußte nichts davon.« Sein Lächeln verblaßte. »Obwohl ich zugeben muß, daß ich in diesem Fall jedem Mittel zugestimmt hätte.«

»Wie das, was Sie sich ausdachten?« Verflixt, sie hatte die Frage wirklich nicht stellen wollen. Im Gegenteil, ihre Absicht war gewesen, jegliche Erwähnung jener entnervenden Unterhaltung zu vermeiden. Es war ganz richtig, daß du seine Worte nicht ernst genommen hast, sagte sie sich nun. Sie hatte ihn die gesamte letzte Woche nicht zu Gesicht bekommen, was wohl kaum ein Beweis für leidenschaftliche Gefühle seinerseits war. Der Gedanke tat ein bißchen weh, und vielleicht war sie deshalb mit der Frage herausgeplatzt.

»Aber bei mir war es keine Täuschung«, sagte er ruhig. »Ich habe Ihnen einen Vorschlag gemacht, und Sie haben ihn abgelehnt.«

Seine Augen waren nur Zentimeter von ihren entfernt, und sie hatte das Gefühl, in ihren blauen Tiefen zu ertrinken. So schöne Augen, dachte Sierra verträumt, klar und tief und allumfassend. Vielleicht ertrank sie *wirklich*. Atmen konnte sie jedenfalls nicht, ihr war plötzlich schwindlig und ihr Kopf war merkwürdig leicht. »Sie haben es nicht ernst gemeint«, sagte sie leise.

Er war auf einmal ganz still. »Hätte es etwas geändert, wenn es mir ernst gemeint gewesen wäre?«

Hätte es das? fragte sie sich verwirrt. Es war nicht leicht zu denken, wenn er ihr so nahe war. Der oberste Knopf seines blauen Hemds stand offen, und sie sah den Ansatz von lockigem dunklem Haar auf seiner Brust. Er roch nach Seife und einem herben Aftershave, das sie an Wald und Tannen denken ließ. Unwillkürlich beugte sie sich vor, um seinen Duft noch tiefer einzuatmen, als könne sie sich so etwas von ihm nehmen. Dieser letzte, sehr erotische Gedanke brachte sie zur Vernunft.

»Nein.« Es klang nicht so fest, wie sie es gern gehabt hätte, und sie räusperte sich, um die Heiserkeit aus ihrer Kehle zu vertreiben. »Außerdem wußte ich die ganze Zeit, daß Sie es nicht ernst meinten.«

»Und woher wußten Sie das?«

Sierra wünschte, er würde einen Schritt zurücktreten. Seine Körperwärme hüllte sie ein und löste ein prickelndes Gefühl in ihrem Magen, ihren Fingerspitzen und ihren empfindsamen Brustspitzen aus. Sie befeuchtete nervös die Lippen. »Schauen Sie mich doch an. Ich bin nichts als eine simple braune Henne neben Ihnen, einem Pfau. Es muß doch Hunderte von Paradiesvögeln geben, mit denen Sie nisten können.«

»Warum habe ich plötzlich das Gefühl, mich auf einer Vogelausstellung zu befinden?« fragte York stirnrunzelnd. »Wie kommen Sie auf die Idee, eine kleine braune Henne zu sein?«

»Ich besitze einen Spiegel«, entgegnete sie schulterzuckend. »Aber es macht nichts, daß ich nicht hübsch bin. Ich besitze Intelligenz und Vitalität, und das ist sicher viel wichtiger, als attraktiv zu sein.«

»Es freut mich, daß Sie eine so philosophische Einstellung dazu haben«, bemerkte York trocken. »Ich wünschte, Sie *wären* eine kleine braune Henne, Sierra. Es würde einiges vereinfachen.« Ganz unerwartet legte er beide Hände um ihr Gesicht. »Hören Sie, Sierra, ich weiß nicht, wie Sie sich einreden können, nicht attraktiv zu sein, denn das ist nicht wahr. Wissen Sie, was ich sehe, wenn ich Sie anschaue? Ich sehe Charakter. Empfindsamkeit und Vitalität.«

Er ließ seine Daumen sanft über ihre Wangen gleiten.

»Und ich sehe Augen, in die ich für die nächsten hundert Jahre schauen könnte, ohne ihrer müde zu werden. Ihre Haut ist seidenweich und wie zum Streicheln geschaffen, und Ihr Körper . . .«

Sierra war überzeugt, keinen Atem zum Sprechen zu haben, aber irgendwie gelang es ihr zu sagen: »Ich wußte ja, daß wir irgendwann an die Sache mit der braunen Henne kommen würden.«

»Weil Sie nicht wie Raquel Welch gebaut sind?« York schüttelte den Kopf. »Für Amazonen habe ich nie etwas übrig gehabt. Sie sind zart wie ein Rotkehlchen und so zerbrechlich, daß ich beinahe Angst habe, Sie zu berühren.« Seine Stimme wurde zu einem Flüstern. »Wissen Sie, wie verlockend es ist, etwas derart Zerbrechliches und wunderschön Geformtes zu berühren? In Museen stehen solche Kostbarkeiten hinter Glas. Nicht nur ihres Wertes wegen, sondern weil es ganz natürlich ist, sie anfassen zu wollen und die Hände über jede Kurve, jede Linie gleiten zu lassen . . .«

Wieder hatte Sierra das Gefühl, in seinen Augen zu ertrinken. »Wir sind also wieder bei den Vögeln. Ich bin ein Rotkehlchen . . . keine braune Henne?«

»Sie sind ein Rotkehlchen«, bestätigte er zärtlich. »Und jedes Wort, das ich sagte, ist mir ernst gemeint, obwohl ich vielleicht besser nichts gesagt hätte. Denn ein Rotkehlchen braucht einen sicheren, geschützten Platz zum Nisten, und den könnte ich Ihnen nie bieten, Sierra. Keiner Frau. Ich bin viel zu rastlos, um mich endgültig irgendwo niederzulassen. Wenn ich das Gefühl bekomme, eingesperrt zu sein, suche ich das Weite!«

Ein Renegat, dachte Sierra wehmütig. Er wollte sie warnen, und sie fühlte sich versucht, die Notwendigkeit einer solchen Warnung abzustreiten. Es hätte vielleicht ihren Stolz gerettet, aber sie konnte es trotzdem nicht tun. York wollte ihr helfen, und sie wußte selbst, daß die Warnung nötig war, denn sie stand hilflos am Rand einer Erfahrung,die sie noch nie gemacht hatte. »Ich werde daran denken.«

»Und ich werde mich bemühen, meine Finger von Ihnen zu lassen.« Er strich sanft über ihre Wangen und entfernte sich dann von ihr. »Es wird nicht einfach sein. Jetzt weiß ich, warum die Griechen so versessen auf ihre Gebetsperlen sind. Ich glaube, ich könnte das gleiche sinnliche Vergnügen empfinden, wenn ich meine Hände über Ihren Körper gleiten ließe.«

Instinktiv schaute sie auf Yorks Hände. Sie waren kräftig, braungebrannt und schmal, mit langen, sensiblen Fingern. Sie konnte sich diese Finger mühelos auf glatten Bernsteinperlen vorstellen, glaubte zu sehen, wie sie streichelnd über den Stein glitten. Sie war überzeugt, daß York die gleiche Sensibilität beim Berühren eines Frauenkörpers zeigen würde.

»Woran denken Sie?« Seine Augen waren ganz schmal geworden vor Neugier.

Sierra spürte, wie ihr das Blut in die Wangen schoß. »An Gebetsperlen.«

York fluchte unterdrückt. »Erzählen Sie mir keine Märchen!« Impulsiv streckte er die Hand nach ihr aus, zog sie jedoch zurück, bevor sie Sierra berühren konnte. »Sie müssen mir dabei helfen, verdammt. Wir könnten zusammen ins Bett gehen, uns großartig amüsieren und eine ebenso große Affäre beginnen.« Sein Blick war hart und unnachgiebig. »Und das ist genau das, was ich am liebsten täte. Aber ich könnte Ihnen nicht versprechen, daß es lange anhalten würde, und ich weiß nicht, ob Sie eine Trennung überleben würden, Sierra. Sie sind nicht gschaffen für kurze, bedeutungslose Affären, die in Wirklichkeit nichts anderes sind als eine verlängerte Geschichte für eine Nacht.« Er holte tief Atem. »Und ich bin nicht dazu geschaffen, Sie leiden zu sehen, weil ich nicht so sein kann, wie Sie mich gern hätten. Also helfen Sie mir bitte, okay?«

»Okay.« Sierra schwieg einen Moment, dann lächelte sie gezwungen. »Würden Sie mir bitte vom Schrank herunterhelfen? Ich verspreche auch, daß ich nicht versuchen werde, Sie zu verführen.«

York legte ihr die Hände um die schmale Taille und hob Sierra auf. Sie spürte die Wärme seiner Hände durch ihr leichtes T-Shirt, und ein angenehmes Kribbeln ging dabei durch ihren ganzen Körper. Ihr Puls pochte unregelmäßig, und York schnappte nach Luft, als er sie freigab. Unwillkürlich trat er einen Schritt zurück. »Es ist ziemlich offensichtlich, daß Sie es nicht zu versuchen brauchen.«

Sierra wandte den Blick ab und drehte sich abrupt zur Seite. »Ich bringe die Leiter in den Werkzeugschuppen zurück, wo ich sie gefunden habe. Heute brauche ich sie nicht mehr. Ich werde als nächstes die Möbel abstauben.«

»Möbel abstauben«, wiederholte York verdattert und schaute zu, wie sie die Trittleiter zusammenklappte. »Nein!« Er war mit einem Schritt bei ihr und nahm ihr die Leiter ab. »Ich bringe sie in den Schuppen. Sie gehen ins Wohnzimmer und ruhen sich aus.«

»Aber ich bin nicht müde! Warum sollte ich . . .« Aber York hörte gar nicht zu. Er war bereits an der Verandatür und ging zum Schuppen hinaus.

Sierra schaute ihm stirnrunzelnd nach, als er den Hof überquerte. Dann ging sie zu dem Schrank, in dem sie vorher das Papier für die Regale gefunden hatte. Sie war sicher, dort eine Flasche Möbelpolitur gesehen zu haben . . .

Sie war gerade mit dem Wachsen und Polieren des geschnitzten Pfostens am Fuß der Treppe fertig und beschäftigte sich nun mit dem Geländer, als York zurückkam. Er durchquerte die Halle mit vier großen Schritten.

»Ich sagte: nein! Tun Sie eigentlich nie, was Ihnen befohlen wird?« Er nahm ihr die Möbelpolitur und das Staubtuch aus der Hand und legte beides auf eine Treppenstufe. »Sie sind heute morgen zum ersten Mal aufgestanden, und Deuce sagte, Sie hätten bereits die Küche geputzt und das Badezimmer saubergemacht. Was glauben Sie, warum er schnurstracks ins Büro kam, um mich zu holen?«

»Weil er eine alte Klatschbase ist«, erwiderte Sierra ungehalten. »Und weil ich nicht Poker mit ihm spielen wollte.« Sie schaute auf und genau in Yorks Augen. »Ist das der Grund, warum Sie uns auf einmal mit Ihrer Anwesenheit beehren, nachdem Sie uns eine Woche lang ignoriert haben? Ich brauche Ihr Mitleid nicht, York. Ich kann darauf verzichten.«

»Wenn ich Mitleid habe, dann höchstens mit mir selbst und Deuce. Wir haben nämlich keine Übung im Umgang mit aufsässigen Jugendlichen.« Als sie etwas entgegnen wollte, legte er ihr sanft den Zeigefinger auf die Lippen. »Sie *sind* aufsässig, Sierra. Der Doktor hat Ihnen für den nächsten Monat völlige Ruhe verordnet.«

»Er hat nicht gesagt, daß ich mich nicht bewegen darf. Es ist doch nur eine Bronchitis, begreifen Sie das nicht?«

»Kombiniert mit starken Erschöpfungssymptomen.« York preßte grimmig die Lippen zusammen. »Brady hatte vielleicht nichts dagegen, daß Sie sich seinetwegen zu Tode schufteten, aber mir paßt es nicht. Sie sind mein Gast, solange Sie sich in Hell's Bluff aufhalten. Finden Sie sich damit ab, Sierra.«

»Das kann ich nicht.« Impulsiv legte sie ihm die Hand auf den Arm. »Sehen Sie denn nicht, wie unglücklich die Untätigkeit mich macht? Ich muß mir meinen Lebensunterhalt verdienen. Der Gedanke, soviel zu nehmen und nichts zu geben, versetzt mich in Panik. Es ist mir klar, daß ich Ihnen im Augenblick nichts zurückzahlen kann für die ärztliche Behandlung und die Mühe, die Sie meinetwegen auf sich nehmen. Zuerst muß ich Arbeit finden und Geld verdienen, bevor ich Ihnen etwas zurückzahlen kann, aber bis dahin könnte ich mir wenigstens meinen Unterhalt verdienen.«

Sie lächelte einschmeichelnd. »Sie brauchen eine Haushälterin. Eine wöchentliche Reinigung ist nicht ausreichend in einer Bergwerksstadt wie dieser.« Sie machte eine kurze Pause. »Ich verstehe nicht, warum Sie Ihre Haushälterin fortgeschickt haben. Mit ihr zu leben, konnte doch nicht schlimmer sein, als ein ungepflegtes Haus zu ertragen!«

»Nein? Sie sollten einmal mit meinem Bruder Rafe darüber sprechen. Kathleen ist die unfähigste Haushälterin der Welt, aber damit hatten Deuce und ich uns abgefunden. Wir haben schon unter weit härteren Bedingungen gelebt. Es war ihr Kochen.« Er erschauerte unwillkürlich. »Ich hatte eine Magenverstimmung von dem Augenblick an, als sie das Haus betrat, bis sie wieder ging.«

Sierra lächelte. In diesem Augenblick kam er ihr wie ein liebenswerter kleiner Junge vor. »Konnten Sie sie nicht in Pension schicken? Deuce sagte, sie sei schon sehr lange bei den Delaneys.«

York schüttelte den Kopf. »Das hätte ihre Gefühle verletzt. Sie und ihre Schwester Bridget gehören praktisch zur Familie. Beide haben die meiste Zeit ihres Lebens auf Killara verbracht. Mein älterer Bruder, Burke, erbte die beiden Schwestern, als er nach dem Tod unserer Eltern, die bei einem Flugzeugabsturz ums Leben kamen, die Familiengeschäfte übernahm. Bridget ist das Musterbeispiel einer perfekten Haushälterin, aber Kathleen . . .«

»Ein Unterschied wie Tag und Nacht?« warf Sierra lächelnd ein.

York nickte. »Burke ertrug es, solange er auf Killara lebte, aber als er aus geschäftlichen Gründen ein Penthouse in Tucson bezog, bestand Bridget darauf, daß ihre Schwester mit ihm ging. Kathleen war bereit, das Opfer zu bringen, und Burke ertrug sie, so lange er konnte.«

»Und wie sind Sie an diese Perle gekommen?«

»Als ich die Bergwerksinteressen der Firma übernahm und nach Hell's Bluff zog, gelang es Burke, Kathleen von der Notwendigkeit zu überzeugen, mit mir zu gehen.« Er schüttelte den Kopf. »Er besaß den Nerv, mir zu sagen, es sei meine Strafe für all die Jahre, in denen ich durch die Welt zigeunert war und mich nicht um die Familiengeschäfte gekümmert hatte.«

Sierra lachte. Sie konnte es nicht ändern. So haben also auch die mächtigen Delaneys ihre kleinen Familienzwistigkeiten, dachte sie amüsiert. Aber es war schwer vorstellbar, daß sie einer alten Hausangestellten wegen Differenzen haben sollten. »Und dann haben Sie sie zu Ihrem Bruder Rafe geschickt?«

»Ich habe es ein Jahr lang ausgehalten«, verteidigte sich York. »Dann gab es nur noch zwei Möglichkeiten: entweder Kathleen aus meiner Küche zu entfernen oder nach Südamerika zurückzugehen. Ich stellte Rafe vor die Wahl, Kathleen zu nehmen oder sich zusätzlich zu seiner Ranch um die Bergwerke in Hell's Bluff zu kümmern.«

»Warum konnten Sie keine andere Haushälterin nehmen?«

»Weil ich Kathleen nur dazu bewegen konnte, mich zu verlassen, ohne ihre Gefühle zu verletzen, indem ich behauptete, Rafe brauche sie dringender als ich und es sei ein großes Opfer meinerseits, sie gehen zu lassen.« Er lächelte wehmütig. »Vielleicht bin ich ein bißchen zu weit gegangen, als ich ihr versicherte, sie sei durch niemanden zu ersetzen. Jetzt *kann* ich sie nicht ersetzen.«

»Dann sollten Sie meine Anwesenheit hier ausnutzen und mich die Arbeit übernehmen lassen. Da ich nur vorübergehend hier bin, kann Kathleen nichts dagegen einwenden, wenn ich mich ein bißchen nützlich mache.«

Yorks Blick fiel auf Sierras Hand, die noch immer auf seinem Arm ruhte. »Ich würde Ihre Anwesenheit hier nur auf eine Art ausnützen«, sagte er ruhig. »Und darüber haben wir bereits gesprochen. Ich verbiete Ihnen, irgendwelche Hausarbeit zu tun, während Sie hier sind, Sierra. Und das ist mir ernst gemeint.«

»Mir auch.« Sie zog ihre Hand zurück. »Es tut mir leid, York. Ich weiß, daß Sie nur das Beste für mich wollen, aber Sie schaden Ihren Absichten damit nur. Es bedeutet, daß ich Ihr Haus so schnell wie möglich verlassen und mir einen Job suchen muß.«

»Das wird nicht einfach sein in Hell's Bluff. Die Stadt gehört mir. Geben Sie es auf, Sierra«, fuhr er sanfter fort. »Wenn Sie etwas kräftiger sind, schicke ich Sie nach

Tucson zu Burke, und dort wird sich Arbeit für Sie finden.«

»Damit Sie Ihr Wohltätigkeitsprojekt als Familienunternehmen fortsetzen können?« entgegnete Sierra empört. »Kommt nicht in Frage, York.«

Er murmelte etwas Unverständliches. »Sehen Sie sich doch an, Sierra! Sie sind so dünn, daß ein Windstoß Sie fortblasen könnte! Sie haben Schatten unter den Augen, als hätten Sie wochenlang nicht mehr geschlafen. Sie sind so erschöpft, daß Sie kurz vor dem Zusammenbruch stehen, aber nichts davon bringt Sie anscheinend zur Vernunft!«

»Ich bin nicht müde . . .« Sie wollte nicht lügen. »Na ja, vielleicht ein bißchen, weil ich heute zum ersten Mal aufgestanden bin. Aber ich schaffe es . . . York!« Er war aufgesprungen und zog sie an sich. »Was soll das?«

»Ich begleite Sie in Ihr Zimmer, damit Sie sich hinlegen. Und wenn ich Sie dazu zwingen muß!« Er schob sie halb die Treppe hinauf. »Und wehe, Sie fangen an, Böden zu schrubben oder Fenster zu putzen. Sie ruhen sich aus. Ist das klar?«

»Nein. Es ist nicht klar. Ich werde . . .« Sie brach ab. »Wer ist das? Das Bild ist mir vorhin, als ich herunterkam, nicht aufgefallen.«

York folgte ihrem Blick. »Rising Star.«

Sierra machte ein verwirrtes Gesicht. »Es kommt mir sehr bekannt vor. Ist es möglich, daß ich das Bild in einer Zeitung oder in einer Galerie gesehen habe?«

Ein seltsames Lächeln spielte um Yorks Lippen, als er seinen Blick vom Gemälde auf Sierra richtete. »Nein, es ist noch nie ausgestellt worden. Es gehört zu den Familienporträts aus Killara. Als ich mich hier einrichtete, sagte Burke, ich könnte alles, was ich wollte, aus unserem Geburtshaus mitnehmen. Dieses Bild war das einzige, was ich haben wollte.«

»Warum?« fragte Sierra und schaute ihn verwundert an.

»Es hat mir immer sehr gefallen. Früher, als kleiner Junge, stand ich stundenlang davor und starrte es an. Rising Star war die einzige aus der bunten Gruppe meiner Vorfahren, mit der ich mich irgendwie verbunden fühlte«, sagte er mit einem melancholischen Lächeln. »Vielleicht, weil sie genau wie ich eine Außenseiterin auf Killara war.«

»Wer war sie?« fragte Sierra leise.

»Die Tochter eines Apachenhäuptlings. Joshua Delaney sah sie und beschloß, daß er sie haben müsse. Es geschah im Verlauf einer jener ›Powwows‹, die in unregelmäßigen Abständen mit der Absicht stattfanden, Frieden zwischen den Apachen und den Delaneys zu schaffen. Der Legende nach waren die damaligen Delaneys oft noch wilder und zügelloser als die Indianer. Die Apachen waren es jedenfalls leid, gegen die Kavallerie *und* die Delaneys zu kämpfen und beschlossen, den Frieden durch Blutbande zu besiegeln.« York deutete auf das Porträt. »Mit Rising Star.«

»Sie haben sie ihm *gegeben*? Kein Wunder, daß sie so verloren wirkt! Hat sie Joshua je geliebt?«

»Wer weiß? Sie hatte zwei Kinder mit ihm und kehrte nie wieder zu ihrem Stamm zurück. Vielleicht liebte sie ihn. Oder sie ertrug ihn einfach – weil sie es als ihre Pflicht betrachtete, das Abkommen einzuhalten. Jedenfalls sieht sie aus, als wäre sie stark genug gewesen, alles mögliche zu ertragen.«

»Gibt es keine Aufzeichnungen darüber? Archive,

Tagebücher?« Aus einem ihr unerfindlichen Grund hatte Sierra plötzlich das dringende Bedürfnis, herauszufinden, ob die Frau auf dem Porträt je diesen Ausdruck von Einsamkeit und Melancholie verloren hatte.

York schüttelte den Kopf. »Es ist nicht viel über Rising Star überliefert worden. Wir wissen nur, daß sie vor Joshua starb und er nie wieder heiratete. Keiner von beiden hat ein Tagebuch geführt. Ich weiß nicht einmal, ob Rising Star lesen und schreiben konnte.«

»Bestimmt«, sagte Sierra mit einem nachdenklichen Blick auf Rising Stars ernstes Gesicht. »Ich glaube, sie hätte alles gelernt, was sie konnte, und sie ist alles gewesen, was in ihrer Macht stand.«

York lächelte. »Meinen Sie, sie hätte auch versucht, jeden Tag etwas Neues dazuzulernen?«

Machte er sich über sie lustig? Sierra warf ihm einen mißtrauischen Blick zu. Aber sie sah nichts als Freundschaft und Verständnis in seinen Augen. »Ich wäre nicht überrascht«, sagte sie und lachte unsicher. »Rising Star ist mir sympathisch, York.«

»Mir auch.« Er streckte seine Hand aus. »Und ich glaube, sie wäre die erste, die Ihnen raten würde, Ihre Kraft nicht in bedeutungslosen Schlachten zu verschwenden. Kommen Sie, Sie müssen sich ausruhen.«

Sierra musterte ihn sinnend. Wie warm sein Lächeln war! Sie legte ihre Hand in seine. »Na schön. Für heute.«

Er nickte und ging weiter, ohne ihre Hand loszulassen. »Für den Anfang nicht schlecht. Heute nachmittag ruhen Sie sich aus, und heute abend, wenn ich zurückkomme, sehen wir, was wir unternehmen können.«

»Und wie sollte das aussehen?« Im Grunde war es ihr egal, jedenfalls im Moment. Seine Hand, die ihre hielt, war warm und fürsorglich, und er lächelte sie so zärtlich an, daß sie innerlich zu beben begann.

Der Blick, den er ihr zuwarf, war voller Schalk. »Wie wäre es mit einer Partie Poker?«

5

»Könnten wir das abstellen?« fragte York. »Seit Tagen sehe ich nichts anderes als Seifenopern – *Dallas* und *Falcon Crest* und *Dynastie* . . .«

Sierra drehte sich betroffen zu ihm um. »Warum hast du mir nicht gesagt, daß es dich stört?« Sie sprang auf, um den Fernseher abzustellen. »Du sagtest, es sei dir gleichgültig, was wir sehen. Ich hätte dich nie gezwungen . . .«

»Schon gut, schon gut«, unterbrach York sie beruhigend. »Reg dich nicht auf. Es stört mich nicht, zuzusehen.« Er lächelte. »Obwohl ich zugeben muß, daß es mir mehr Spaß gemacht hat, *dich* beim Zusehen zu beobachten, als selbst auf die Mattscheibe zu starren. Es ist faszinierend, wie du dich auf die Serien konzentrierst. Was findest du so interessant daran?«

Sierra lächelte unsicher. »Es ist nicht die Sendung an sich, die mich interessiert . . .«

»Was dann?«

Sie zögerte. Im Grunde hätte sie die Frage lieber nicht beantwortet. Es mochte albern klingen, kindisch, und deshalb hatte sie noch nie darüber gesprochen. Aber Yorks Lächeln fehlte jeglicher Spott. Sierra holte tief Luft. »Sie faszinieren mich, weil in dieser Serie jeder einen Platz hat.«

»Einen Platz?« fragte er verwundert.

Sierra nickte. »Die meisten Leute schauen sich diese Serien an, weil sie den Glamour darin lieben, aber ich glaube, das ist nicht der einzige Grund. Ich sehe sie gern, weil mir innerlich ganz warm dabei wird. Die Charaktere dieser Seifenopern sind so unglaublich selbstsicher und innerlich gefestigt.« Sie ging langsam zu York zurück, aber anstatt sich wieder auf die Couch zu setzen, ließ sie sich im Schneidersitz vor ihm auf dem Boden nieder. »Sie haben Wurzeln«, fügte sie ernst hinzu.

»Du meinst diese palastähnlichen Familienbesitze?«

»Zum Teil.« Sierra nagte an ihrer Unterlippe. »Aber das ist es nicht allein. Ein Platz im Leben bedeutet für mich nicht nur, ein Haus oder eine Familie zu besitzen, sondern vielmehr das, was man selber ist. Es vermittelt einem Gelassenheit und innere Sicherheit, wenn man weiß, was man ist und seinen Platz im Leben kennt.« Ein wehmütiger Ton war auf einmal in ihrer Stimme. »Mein ganzes Leben lang habe ich mir diese Sicherheit gewünscht. Ich habe versucht, mir einen Platz zu schaffen, indem ich arbeitete und gab. Ich glaubte, das müsse das Geheimnis sein, aber die Plätze, die ich mir schuf, waren nie von Dauer. Immer passierte irgend etwas, und ich mußte weiterziehen.«

York verspürte einen schmerzhaften Kloß in der Kehle. Sierra sah aus wie ein zartes Kind, wie sie da vor ihm saß und ihn ernst aus ihren schönen großen Augen anschaute. »Du bist noch jung. Gib dir eine Chance.«

»Vielleicht sind manche Leute nicht dazu geschaffen, einen festen Platz im Leben zu haben«, flüstert sie mehr zu sich selbst. »Vielleicht gibt es nicht für jeden einen Platz.« Sie schwieg einen Moment, dann straffte sie die Schultern. »Nun ja, für eine Weile finde ich immer einen

Platz für mich. Was macht es schon, wenn es nicht für ewig ist? Es gibt immer wieder einen nächsten Tag und eine neue Chance.« Sie strich sich eine Locke aus der Stirn. »Du hast einen solchen Platz, York.«

»So?« Seine Stimme klang überraschend heiser. »Meine Brüder wären geneigt, dir zu widersprechen. Sie betrachten mich als Wandervogel, unstetiger als ein Zigeuner.«

»Das mag schon sein. Ich kenne dich nicht gut genug, um es zu widerlegen. Aber selbst wenn es stimmt, trägst du deinen Platz mit dir herum.« Sie lächelte plötzlich. »Und das ist wunderbar. Ich wünschte, ich könnte es auch.«

»Warum solltest du es nicht können?« fragte er sanft. »Du bist eine der charakterstärksten Frauen, die ich kenne, Sierra. Es besteht kein Grund, warum du unter innerer Unsicherheit leiden solltest.«

Sie schüttelte den Kopf. »Das eine hat nichts mit dem anderen zu tun. Natürlich bin ich stark, das gebe ich zu. Der liebe Himmel weiß, daß ich stark sein mußte, um mich aus den Wellblechhütten herauszuarbeiten, aber ich . . .«

»Wellblechhütten?«

»Meine Eltern sind Saisonarbeiter und meine Brüder und Schwestern ebenfalls. Ich bin in einem Lastwagen zur Welt gekommen, mitten auf der Straße, York.« Sierra schüttelte den Kopf. »Meine Mutter erinnerte sich nicht, in welchem Bundesstaat wir uns gerade befanden. Es war verteufelt schwer, eine Geburtsurkunde für mich zu bekommen, als ich eingeschult wurde.«

»Ich weiß nicht, wieso, aber irgendwie habe ich dich immer für eine Waise gehalten. Du wirkst so . . . allein.«

»Ich bin allein.« Sie zog die Beine an und schlang die

Arme darum. »Ich war immer allein, selbst als ich noch bei meiner Familie lebte. Du ahnst ja nicht, wie isoliert man ist, wenn man anders ist als die übrigen Familienmitglieder. Meine Eltern konnten nicht verstehen, warum ich nicht wie meine Geschwister war.«

Sierra legte das Kinn auf die Knie und senkte den Blick. »Ich konnte das Leben, das wir führten, einfach nicht akzeptieren. Die harte Arbeit und das ständige Weiterziehen von Bundesstaat zu Bundesstaat störte mich nicht, aber sie lebten ohne Hoffnung. Das konnte ich nicht. Ich mußte es wenigstens versuchen«, sagte sie energisch. »Also studierte ich und arbeitete mich langsam aus diesen Arbeiterlagern heraus, und ich werde nie dorthin zurückkehren. Warum kämpfen sie nicht? Ein Leben lang sind sie abhängig von der Gnade der Eigentümer und Aufseher, des Staates, und vielleicht sogar des Schicksals selbst. Ich wollte, daß sie mit mir kamen oder mich wenigstens zur Ausbildung meines jüngsten Bruders, Mark, beitragen ließen.«

»Haben sie es abgelehnt?«

Sierra lächelte verschmitzt. »Oh, sie nehmen das Geld schon an, das ich ihnen schicke, aber ich habe nie erfahren, daß sie es für Marks Ausbildung ausgaben. Meistens kaufen sie Geschenke für die ganze Familie und benutzen das restliche Geld für neue Reifen oder Ersatzteile.« Sie zuckte müde die Schultern. »Vielleicht machen die Geschenke sie für eine Weile glücklicher. Man kann die Menschen eben nicht zwingen, so zu denken wie man selbst.«

»Nein.« York blieb still und starrte Sierra betroffen an. »Mein Gott, mußt du ein hartes Leben gehabt haben!«

»Es war nicht immer leicht.« Sie hob den Kopf und runzelte die Stirn. »Versteh mich bitte nicht falsch, York, ich beklage mich nicht. Meine Kindheit war kein Zuckerschlecken, aber wessen Kindheit ist das schon? Meine Eltern waren gut zu mir, und ich glaube, sie versuchten sogar, mich zu lieben. Aber sie waren eben so im Arbeitsjoch, daß ihnen keine Energie für Zuneigung geblieben war. Als ich anfing, sie zu verstehen, wurde mir klar, daß es keine wirklich harten Menschen gibt. Einige sind sogar sehr gütig.« Sie machte eine Pause und fügte dann ernst hinzu: »Du bist sehr, sehr gütig, York.«

Er war leicht schockiert. »Ich glaube, niemand hat mich je als ›gütig‹ bezeichnet.«

»Nein? Dann kennen sie dich nicht. Du bist gütig und fürsorglich und geduldig und . . .«

Er unterbrach sie lachend. »Sprechen wir über die gleiche Person, Sierra? Du solltest einmal mit Deuce sprechen. Er kennt alle meine Fehler und versäumt es nie, mich daran zu erinnern.«

»Und doch liebt er dich«, wandte Sierra leise ein. »Er liebt dich sehr.«

York zuckte unbehaglich die Schultern. »Wir haben eine Menge zusammen erlebt.«

Sierra mußte ein Lächeln verbergen, als sie sah, wie verlegen er plötzlich wurde. Er ist überhaupt nicht eingebildet, dachte sie verwundert. Es war eine der liebenswertesten Eigenschaften, die sie an York entdeckt hatte. An den vergangenen Abenden hatte sie einiges über ihn gelernt. Eine erstaunliche Freundschaft hatte sich zwischen ihnen entwickelt, während sie zusammen Musik hörten oder fernsahen. Abgesehen davon, daß York einer der aufrichtigsten, offensten Menschen war, die sie kannte, besaß er einen ausgeprägten Sinn für Humor und eine natürliche Empfindsamkeit, die sie sehr überrascht hatte.

»Sieh nur, wie gut du zu mir warst«, fuhr sie lächelnd fort. »Das perfekte Beispiel eines großen Bruders.« Als sie Yorks leichtes Erröten sah, lachte sie leise. »Entschuldige, York, aber du wirst dich daran gewöhnen müssen, daß du einfach wunderbar bist.«

»Es macht dir großen Spaß, was?« Er schaute sie aus schmalen Augen an. »Aber ich fühle mich sehr unbehaglich dabei.«

»Hoffentlich hast du gemerkt, daß ich diesmal wenigstens von einem Vergleich mit einem Pfau abgesehen habe«, entgegnete Sierra und senkte bescheiden den Kopf. »Obwohl ich versucht war . . . York!«

Er hockte ganz unvermutet neben ihr auf dem Fußboden und drückte sie auf den Teppich. Dann lag er auf ihr und hielt ihre beiden Arme über ihrem Kopf fest. Seine saphirblauen Augen funkelten mutwillig. »Ich bin also ein Pfau, was?«

Sierras Augen weiteten sich vor Überraschung. Sie war merkwürdig atemlos, und das Herz klopfte ihr bis zum Hals. Sie versuchte zu lächeln und stellte fest, daß ihre Lippen zitterten. »Ein sehr exotischer Pfau«, sagte sie lächelnd. »Warum stört es dich, wenn ich dich so nenne? Du mußt es doch selbst sehen, wenn du in den Spiegel schaust.« Selbst durch den Stoff ihrer Jeans spürte sie die Wärme, die von Yorks Schenkeln ausging. Überall, wo seine Glieder sie berührten, erwachte ein erregendes Kribbeln unter ihrer Haut. »Oder?«

»Oder was?« Yorks Lachen war verblaßt, seine Augen waren . . . anders. Seine Pupillen hatten sich vergrößert, und er schaute Sierra mit einer Eindringlichkeit an, die sie nach Luft schnappen ließ.

Seine sehnigen Schenkel drückten hart auf ihr weiches Fleisch, und sie spürte, wie ihr Magen sich bei der

Berührung verkrampfte. Es war unglaublich erotisch, so hilflos unter ihm zu liegen. Yorks Lippen waren leicht geöffnet und boten einen derart sinnlichen Anblick, daß Sierra ihren Blick nicht von seinem Mund losreißen konnte. Er hatte sie etwas gefragt, nicht wahr? Aber was? Sie konnte sich einfach nicht darauf konzentrieren. »Ich weiß nicht mehr, was du gefragt hast«, sagte sie.

»Ich auch nicht.« Langsam senkte er den Kopf. Auch jetzt noch hingen Sierras Blicke wie gebannt an seinem Mund, und plötzlich spürte sie eine rasende Ungeduld in sich erwachen. Warum beeilte er sich nicht? Sie wollte ihn anfassen, ihn küssen. Sie sah seinen Puls an seiner braungebrannten Kehle klopfen und hätte ihn gern dort berührt. Und geküßt, um das aufgeregte Pochen unter ihren Lippen zu spüren . . .

Aber er hielt seinen Körper immer noch von ihr entfernt, wenn auch nahe genug, daß sie die Hitze spüren konnte, die er ausstrahlte. »Leg den Kopf zurück, Sierra.«

Sie gehorchte instinktiv. »Ich liebe deinen Hals«, murmelte York. »Deine Haut ist samtweich. Ich wollte schon so lange . . .« Seine Lippen glitten über die sensible Haut an ihrem Hals, und sie stöhnte leise.

York verteilte zärtliche Küsse auf ihrem Nacken, ihrer Schulter und ihrem Kinn, und so sanft sie auch waren, jeder einzelne Kuß hinterließ eine feurige Spur auf Sierras Haut. Sie warf rastlos den Kopf zur Seite und drängte sich York entgegen, um ihm noch näher zu sein. Aus dem verzweifelten Wunsch heraus, ihn ganz dicht an sich zu spüren, bog sie ihren Oberkörper vor, und ihre Brüste berührten seine Brust.

Er erschauerte und erstarrte. »Tu das noch einmal«, forderte er sie mit heiserer Stimme auf.

Sie wollte es auch. Sie wollte seine harten Rippen an ihren weichen, empfindsamen Brüsten spüren. Aber sie waren gar nicht mehr so weich, stellte sie verwundert fest. Sie waren geschwollen und schwer, und ihre zarten Spitzen preßten sich gegen das leichte Gewebe ihres Baumwollhemds. Sie richtete sich erregt auf und rieb sich lustvoll an seiner Brust. Es löste Gefühle in ihr aus, die in ihrer Intensität fast schon schmerzhaft waren. »York, das ist . . .«

Er hielt die Augen geschlossen und begann seine Hüften mit der gleichen zwingenden Dringlichkeit an Sierra zu reiben, die sie antrieb. »Psst. Hab keine Angst. Laß mich . . .«

Nun spürte sie seinen harten Körper in seiner ganzen Länge an ihren Gliedern und biß sich auf die Lippen, um nicht laut aufzustöhnen vor Lust. Sie fühlte eine schreckliche Leere in sich erwachen, eine drängende Sehnsucht und . . .

Plötzlich machte York die Augen auf. Sie waren verschwommen vor Erregung. »Sierra, ich muß dich haben. Sonst werde ich verrückt . . .« Er brach unvermittelt ab und holte tief Luft. »Lieber Himmel, was rede ich da?« Jeder einzelne Muskel in seinem Körper war quälend angespannt. Als York Sierra losließ, geschah es so abrupt, daß es fast ungeschickt wirkte. Yorks Brust hob und senkte sich unter unregelmäßigen Atemzügen, als er aufstand. »Komm. Steh auf«, sagte er zu Sierra.

Sie richtete sich benommen auf. Was war geschehen? Warum hatte er sich so abrupt aufgerichtet und die sinnliche Stimmung so brutal zerstört?

»Steh auf und geh in dein Zimmer.« Er hatte die Hände in die Hüften gestemmt. »Es tut mir leid, daß ich nicht so höflich sein kann, dir beim Aufstehen behilflich zu sein. Aber im Moment kann ich mir nicht erlauben, dich anzufassen.«

»Schon gut.« Sierra stand auf. Alles war so überraschend schnell geschehen, daß sie noch immer leicht benommen war. Sie hätte nie geglaubt, daß aus scherzhaftem Geplänkel innerhalb weniger Sekunden wildes, drängendes Verlangen werden konnte. Rasch wandte sie sich zur Tür. Sie wollte genauso dringend hinaus, wie er es zu wünschen schien. Sie mußte nachdenken und die Dinge in die richtige Perspektive bringen.

»Sierra.«

Sie versteifte sich unbewußt. »Ja.«

»Ich habe nie brüderliche Gefühle für dich gehabt. Mach diesen Fehler nicht noch einmal.«

»Nein.« Sie befeuchtete nervös die Lippen. »Nein.«

Dann verließ sie fluchtartig das Wohnzimmer.

Die Musik, die aus der Stereoanlage kommt, ist einschläfernd wie ein Wiegenlied von Brahms, dachte Sierra gereizt. Vielleicht war es sogar Brahms. Eine solche Wahl hätte zu Yorks Verhalten an diesem Abend gepaßt. Er war in sich zurückgezogen und abweisend gewesen. Hinter seiner höflichen Fassade war die Spannung, die ihn erfüllte, deutlich spürbar gewesen. Nach dem Dinner war er wortlos ins Wohnzimmer gegangen und hatte die Platte aufgelegt, um sich dann in die Bibliothek zurückzuziehen.

Es durfte eigentlich nicht weh tun. Du hast kein Recht, dich verletzt zu fühlen, sagte Sierra sich, als sie die Schallplatte vom Teller nahm und durch einen Bolero von Ravel ersetzte. Sie war einfach verwöhnt, nachdem York in den vergangenen Tagen jeden Abend mit ihr verbracht hatte. Es war lachhaft, deshalb zu glauben, er habe diese Zeit genauso sehr genossen wie sie. Vielleicht hatte er es nur aus Nachsicht getan, wie bei einem rastlosen, launischen Kind . . . Nach dem gestrigen Abend schien er jedoch zu dem Schluß gekommen zu sein, daß die Gefahr einer unerwünschten Intimität bestand und versuchte daher, eine gewisse Distanz zwischen ihnen zu schaffen.

»Was hat die Stereoanlage dir getan?« Sierra drehte sich zu Deuce um, der in der Tür stand, ein Glas Orangensaft in der Hand. »Deinem Stirnrunzeln nach zu urteilen, scheinst du im Begriff, sie zu zerschlagen.«

Sierra lächelte erzwungen. »Meinst du, das könnte ich mir leisten? O nein. Dann hätte ich zehn Jahre an meinen Schulden zu zahlen.« Sie steckte die Platte, die York aufgelegt hatte, in ihre Hülle zurück und sah, daß es tatsächlich Brahms war. »Es war die Musik, die mich störte, und nicht die Anlage. York scheint der Meinung zu sein, Brahms sei das geeignete Mittel, um mich heute abend ruhig zu halten. Aber ich glaube, ich hasse Brahms.«

»Ich bin auch nicht sehr begeistert von ihm.« Deuce kam zu Sierra hinüber. »Ein bißchen schwer für meinen Geschmack.«

»Langweilig«, sagte Sierra knapp.

»York möchte, daß du das trinkst.« Er reichte ihr das Glas Orangensaft. »Ich habe ihm Kaffee gebracht, und er meinte, ich sollte dafür sorgen, daß du dein Vitamin C bekommst und deine Eisentabletten nimmst, bevor du ins Bett gehst.«

Also hat York nicht vor, heute abend noch einmal ins Wohnzimmer zu kommen, dachte Sierra und versuchte, sich ihre Enttäuschung nicht anmerken zu lassen, als sie das Glas nahm. »Danke, Deuce, ich werde es nicht vergessen. Aber ich gehe noch nicht ins Bett. Ich bin noch zu unruhig, um mich schon hinzulegen.«

»Das ist mir aufgefallen. Ravel statt Brahms. Komisch, daß York nicht die gleiche Wahl getroffen hat. Ich hatte den Eindruck, daß auch er heute abend mehr in der Stimmung für Ravel ist.«

»Anscheinend hast du dich geirrt.« Sie trank einen Schluck Saft. »Oder vielleicht glaubt er, Brahms sei therapeutisch genauso gut wie Vitamin C für bedauernswerte kleine Invaliden wie mich.«

»Warum so sarkastisch, Sierra?«

»Entschuldige. Ich glaube, ich bin etwas nervös.« Sie trank den Saft aus und stellte das Glas auf den Tisch. »Ich bin es nicht gewöhnt, meine Tage mit Nichtstun zu verbringen, und das hat wohl ein bißchen Hüttenfieber bei mir ausgelöst.«

»Wirklich?« fragte Deuce mit erhobenen Brauen. »Mir schien es, als hättest du dich in den letzten Tagen ganz gut eingewöhnt.«

»Der Schein trügt.« Sie wandte sich zur Tür. »Ich glaube, ich mache einen Spaziergang vor dem Schlafengehen. Seit ich krank war, habe ich das Haus nicht mehr verlassen, und bei Bradys Truppe hatte ich keine Zeit, mir die Stadt anzusehen.«

»Wäre es nicht besser, sie bei Tageslicht zu besichtigen? Nachts siehst du ohnehin nicht viel.«

Sierra schüttelte den Kopf. »Ich gehe nicht weit.«

»Na schön. Ich begleite dich.«

»Nein.« Es klang schärfer als beabsichtigt, und sie lächelte entschuldigend. »Laß mich lieber allein gehen. Ich fürchte, ich bin im Moment keine gute Gesellschafterin. Meine Nerven sind ein bißchen angespannt. Aber mach dir keine Sorgen, ich bleibe nicht lange.«

»Wie du willst«, entgegnete Deuce mit leichtem Schulterzucken. »Aber zieh dir lieber eine Jacke an. Es ist zwar schon April, aber hier draußen kann es nachts doch noch verdammt kalt werden.«

Sierra nickte erleichtert. Sie hatte befürchtet, Deuce sei nicht so leicht zu entmutigen. »Das tue ich, und meine Tabletten nehme ich auch, wenn ich zurückkomme. Ich bin nicht so dumm, einen Rückfall zu riskieren. Ich weiß, daß ich euch auch so schon genug zur Last gefallen bin.« Sie ging auf die Tür zu. »Bis später, Deuce.«

Er schaute ihr nach, bis sie auf der Treppe war, dann drehte er sich um und ging rasch durch den Korridor zur Bibliothek. York hob den Kopf, als die Tür aufging.

»Den Orangensaft habe ich abgeliefert«, sagte Deuce. »Und sie hat versprochen, ihre Tabletten zu nehmen.« Er machte eine Pause. »Sobald sie zurückkommt.«

»Zurück? Wo will sie denn hin?«

»Spazierengehen. Sie sagt, sie hätte Hüttenfieber.«

»Geh mit ihr«, sagte York gepreßt. »Du weißt, daß es zu unsicher für sie ist, draußen herumzuwandern.«

»Sie will aber allein sein. Soll ich einen der Männer beauftragen, ihr zu folgen?«

»Nein, es würde sie nur erschrecken, wenn ihr jemand nachschleicht. Warum hast du sie nicht überredet, sich von dir begleiten zu lassen?«

»Weil ich wußte, daß sie nicht auf mich hören würde und ich sinnlose Anstrengungen hasse«, entgegnete Deuce trocken. »Sie ist genauso rastlos wie du – und vermutlich aus dem gleichen Grund.«

York maß ihn mit einem kühlen Blick. »Und der wäre?«

»Ich hasse es auch, Dinge auszusprechen, die völlig offensichtlich sind, aber in diesem Fall werde ich es tun.« Deuce erwiderte Yorks Blick ruhig. »Du solltest ein, zwei Stunden bei Melanies Mädchen verbringen. Ich glaube, du bist scharf auf unsere kleine Sierra.«

»Das war deutlich genug«, meinte York und wandte sich ab. »Ich habe dir schon einmal gesagt, daß ich nichts für großäugige Zwerge übrighabe.«

»Für Sierra Smith anscheinend doch«, wandte Deuce ein. »Zwerg oder nicht, du bist ganz schön beeindruckt von der Dame. Ich kenne dich lange genug, um zu sehen, was hier vorgeht. Ich sehe auch, daß du nicht vorhast, etwas zu unternehmen. Also geh zu Melanie, York.«

York schwieg. Die unterschiedlichsten Gefühle tobten in ihm. »Falls du es bemerkt haben solltest, war ich in der letzten Woche jeden Abend bei Melanie. Der Gedanke war mir nämlich auch schon gekommen.« Seine Stimme klang plötzlich müde. »Es hat nichts genützt.«

Deuce hob eine Braue hoch. »Nein?«

»Nein.« Yorks Lachen klang frustriert. »Ich wollte keine von ihnen. Ich habe bei Melanie gegessen, getrunken und bin nach Hause gegangen.« Seine Stimme wurde leiser. »Ich will nur sie, keine andere. Idiotisch, was?«

Deuce zögerte. »Sie ist eine nette junge Frau, York. Ich mag sie.«

»Ich auch, verdammt«, sagte York heftig. »Warum würde ich sonst diese Hölle durchmachen? Aber du weißt, daß ich sie unglücklich machen würde. Ich mache alle Frauen unglücklich.«

»Höchstwahrscheinlich«, stimmte Deuce zu.

»Wie schön, daß du ehrlich bist.« York lächelte

ironisch. »Gut, daß ich mich auf dich verlassen kann, wenn es sich darum handelt, meine Charakterschwächen bloßzustellen.«

»Das ist Unsinn, das weißt du. Du bist ein verdammt guter Freund. Ich könnte mir keinen besseren wünschen.« Deuce schüttelte den Kopf. »Aber wie meine Mutter zu sagen pflegte: ›Du bist zu unbeständig, mein Junge‹.« Deuce war plötzlich ernst geworden. »Ich glaube, Sierra ist ein Mensch, der jemanden braucht, der beständig ist wie ein Felsen. Sie hat genug Unsicherheit in ihrem Leben gehabt.«

»Und was soll ich tun? Ich kann sie nicht fortschicken, solange sie sich nicht erholt hat. Hierbleiben kann sie auch nicht, weil wir dann mit absoluter Sicherheit im Bett enden werden.«

»Das ist ein Problem.« Deuce ließ sich in einem Sessel nieder. »Aber ich würde mich nicht darauf verlassen, daß du die Entscheidung allein triffst. Sierra kann ganz schön eigensinnig sein und setzt ihren Kopf durch, wenn sie will.« Er beugte sich ein wenig vor. »Das war die Haustür. Gehst du ihr nun nach oder nicht?«

York stieß heftig seinen Stuhl zurück. »Zum Teufel, ja, ich gehe ihr nach! Mit ihrer Neigung, sich in Schwierigkeiten zu bringen, fällt sie vermutlich in einen Minenschacht.« Er ging zur Tür. »Kommst du mit?«

Deuce schüttelte den Kopf. »Ich habe meinen Teil gesagt. Jetzt ziehe ich mich diskret zurück und lasse der Natur ihren Lauf. Was ohnehin nicht zu verhindern ist.«

York fluchte, als er die Tür aufriß.

»York, da ist noch etwas, was du wissen solltest . . .«

York schaute sich ungeduldig um. »Was?«

»Sierra haßt Brahms.«

Diesmal war Yorks Antwort entschieden obszön, und Deuce lächelte amüsiert, als sein Freund hinausstürmte.

»Warte!«

Der scharfe Befehl veranlaßte Sierra, stehenzubleiben. York? Sie drehte sich um und sah, daß er über die Straße auf sie zukam und sich im Gehen hastig eine Schaffelljacke überzog. Ihre Augen hellten sich vor Freude auf, aber das war schnell vorbei, als sie Yorks wütende Miene sah. Dennoch lächelte sie zaghaft, als er neben ihr stehenblieb.

»Wolltest du auch ein bißchen frische Luft schnappen?«

»Nein. Ich wollte nur vermeiden, irgendeinem Kerl den Hals umdrehen zu müssen, weil er dich vergewaltigt hat.« York nahm Sierras Ellbogen und ging weiter, wobei er sie halb die Straße hinunterzerrte. »Wolltest du dir die Stadt ansehen? Na los, dann komm.«

»Du bist wütend.« Sie mußte sich beeilen, um mitzuhalten. »Deuce hätte dich nicht belästigen sollen. Geh bitte wieder an deine Arbeit zurück. Ich kann sehr gut alleine gehen.«

»Du bist in einer Stadt, in der es keine Frauen gibt! Muß ich dich wirklich erst daran erinnern? Selbst wenn du die graue Maus wärst, für die du dich hältst, würdest du hier Aufsehen erregen. Es gibt fast tausend Männer in Hell's Bluff, die nichts lieber täten, als dich in ihr Bett zu schleppen.«

Sierra blieb abrupt stehen und entzog ihm ihren Arm. »Na schön, dann laß uns zurückgehen«, sagte sie ruhig. »Du brauchtest es mir nur zu sagen. Ich möchte nicht noch mehr Schwierigkeiten verursachen. Ich weiß, wieviel ich dir bereits schuldig bin.«

»Du schuldest mir überhaupt . . .« Er brach ab, als er ihren Blick sah. Sie schien verletzt, bemühte sich jedoch um Haltung, und Yorks Ärger löste sich auf wie Schnee im Sonnenschein. Ein leises, zärtliches Sehnen erwachte in ihm. »Entschuldige mein idiotisches Verhalten, Sierra. Du hast ein Recht darauf, spazierenzugehen, aber in dieser Stadt ist es leider nicht ganz ungefährlich. Einige der Bergarbeiter sind anständige Familienväter, andere jedoch rauhbeinig genug, um nicht einmal die Tatsache, daß du unter meinem Schutz stehst, zu respektieren, wenn sie die Lust überkommt, sich im Heu zu wälzen.«

»Ich werde in Zukunft daran denken. Laß uns zurückgehen.« Sie wandte sich ab, aber York hielt sie zurück.

»Nein, jetzt können wir auch noch ein bißchen weitergehen. Was wolltest du sehen?« Er lächelte unerwartet liebevoll. »Es ist keine große Stadt, der Spaziergang wird nicht lange dauern. Dieser Teil von Hell's Bluff ist ohnehin ziemlich verlassen.«

»Warum?« Sierra schaute sich interessiert um. Der hölzerne Bürgersteig, auf dem sie standen, befand sich mindestens zwanzig Zentimeter über der unasphaltierten Straße. Eine Art Verandadach, ebenfalls aus Holz, schützte den Bürgersteig vor Regen und Schnee. Die Restaurants und Geschäfte, an denen sie vorbeikamen, waren verschlossen und dunkel. »Chester sagte, du hättest die ganze Stadt renovieren lassen«, sagte Sierra verwundert.

»Ja, aber da diese Geschäfte nicht gebraucht werden, habe ich sie nie eingerichtet. Wenn das Erzvorkommen erschöpft ist, werden wir die Stadt vermutlich als

Touristenattraktion eröffnen, und erst dann wird dieser Ortsteil Bedeutung gewinnen.«

»Ist das Erzvorkommen bald erschöpft?«

York zuckte die Schultern. »Nein, das wird noch einige Jahre dauern. Es ist eine sehr ergiebige Ablagerung, aber man sollte immer auf den nächsten Schritt vorbereitet sein.«

Sierra betrachtete York im Mondschein. »Aber ich glaube, das ist nicht der Grund, warum du die Stadt hast renovieren lassen. Ich glaube, du hättest es auch so getan.«

»Vielleicht. Ich fühle mich in einer solchen Umgebung wohl. Bergwerksstädte wie diese sind heute hier und morgen verschwunden.« Er machte eine Pause. »Wie ich, Sierra.«

Sie befeuchtete ihre Lippen. »Das klingt fast wie eine Warnung, und es ist nicht die einzige, die ich in den letzten Tagen von dir gehört habe. Warum, York? Ich bin durchaus imstande, auf mich aufzupassen.«

»Gut, daß wenigstens einer von uns beiden so zuversichtlich ist. Was mich betrifft, bezweifle ich nämlich, ob ich mit der Situation fertigwerde.« Er lächelte schwach. »Du hast eine höchst eigenartige Wirkung auf mich Sierra.«

»Ich wollte dich nicht belästigen«, sagte sie rasch. »Du bist hier zu Hause, und ich hätte nie . . .«

Er legte ihr einen Finger auf die Lippen und brachte sie zum Schweigen. »Pst«, sagte er sanft, »das weiß ich. Du überschlägst dich geradezu, um mir Schwierigkeiten zu ersparen.«

Seine Fingerspitzen strichen über ihre weichen Lippen, und Sierra empfand ein Prickeln bei seiner Berührung, das sich durch ihren ganzen Körper fortsetzte. Er muß es auch spüren, dachte sie, als sie hilflos zu zittern begann. »Ich glaube, das solltest du lieber lassen.«

»Das glaube ich auch. Ich hätte dich nicht anfassen sollen. Ich wollte es auch nicht. Ich wußte . . .« Er brach ab. »Ach, komm *her*!«

Dann lag sie in seinen Armen, und Yorks Lippen preßten sich hungrig auf ihren Mund. Sierra stockte der Atem, und ein heißes, drängendes Verlangen erwachte in ihr. Yorks Zunge schlüpfte zwischen ihre geöffneten Lippen und begann die warme Höhlung ihres Mundes zu erforschen. Eine namenlose Sehnsucht erfüllte Sierra plötzlich, und sie konnte nichts anderes tun, als Yorks Kuß mit einer Leidenschaft zu erwidern, die seiner um nichts nachstand.

Ein leises Stöhnen kam aus ihrer Kehle, und sie schmiegte sich verlangend an ihn. Sie spürte, wie seine Muskeln bebten und seine Brust sich hob und senkte unter rauhen, unregelmäßigen Atemzügen. York löste sich sanft von ihr und flüsterte dann dicht an ihrem Mund:

»Seit drei Tagen habe ich nichts anderes im Kopf, Sierra. Ich wollte dich küssen, dich berühren und . . .« Er legte die Hände um ihren festen kleinen Po und zog sie schmerzhaft fest an seinen Körper. »Und dich fühlen . . .«

Mit einer beinahe ungestümen Bewegung hob er sie auf und preßte sie gegen seine Hüften. Sierra stieß einen heiseren kleinen Schrei aus, als sie die ganze Macht seiner Erregung spürte.

»Hier auch«, sagte er mit belegter Stimme. »Ich will alles von dir. Ich will in dir sein und dich . . .« Wieder brach er ab und holte tief Atem. »Ich kann nicht einmal reden, verdammt. Aber ich kann es dir zeigen.«

Er zog sie in einen dunklen Ladeneingang und drängte sie gegen die Wand. Dann öffnete er mit bebenden Händen ihren Mantel und zog ihr T-Shirt aus dem Hosenbund. »Ich möchte dich sehen«, sagte er heiser. »Obwohl es hier im Dunkeln gar nicht möglich ist.« Dennoch schob er das T-Shirt ganz hinauf. »Stört es dich?«

»Nein.« Sie wollte ihn auch sehen. Er war so attraktiv. Sie wollte seine Augen sehen, wenn er sie betrachtete . . .

Er öffnete ihren BH, und dann lagen seine Hände auf ihren Brüsten, hüllten sie fast ganz in ihre Wärme ein. Das Gefühl seiner harten, schwieligen Hände auf ihrer nackten Haut löste einen Schock in Sierra aus. Ein verzehrendes Feuer loderte in ihr auf. Sie stieß einen leisen Schrei aus und schmiegte sich noch fester in seine Hände.

»Es reicht mir nicht«, murmelte er. »Ich kann dich nicht *sehen*.« Sierra stockte der Atem, als er seine Finger in sanften, rhythmischen Bewegungen über ihre Brüste gleiten ließ. »Ich möchte, daß du dich für mich öffnest. Ich will . . .« Der Rest des Satzes war verloren, als sein Mund sich um eine ihrer schweren, heißen Brüste schloß. Ihre rosige Spitze richtete sich steil auf, und Sierra mußte sich auf die Lippen beißen, um nicht laut aufzuschreien. Yorks Hand schob sich zwischen ihre Schenkel und begann sie an ihrer empfindsamsten Stelle zu streicheln, während seine Lippen nicht aufhörten, ihre Brust zu liebkosen.

Sierra hatte das Gefühl, sich innerlich aufzulösen vor Lust. Es war, als hätte sie nichts an, der dünne Stoff ihrer Jeans war keine Barriere mehr. Sie glaubte Yorks Hände auf ihrer nackten Haut zu spüren, und ihr wurde so schwach vor Verlangen, daß sie sich an die Wand lehnen mußte. Sie schnappte nach Luft. Das sanfte Zupfen an ihren Brustspitzen löste ein eigenartiges Flattern in ihrem Magen aus, und Yorks Hand . . .

»Magst du das?« fragte er einmal, dann lachte er leise. »Ja, ich kann es sehen.« Seine Hand, die zwischen ihren Schenkeln ruhte, glitt noch weiter hinauf, und Sierra zuckte zusammen. »Und das auch. Es wird mir großen Spaß machen, alle deine erogenen Zonen zu entdecken, Sierra.« Er zog die Hände zurück, richtete ihren BH und zog das T-Shirt herunter. »Es wird phantastisch sein, und ich werde jede Minute genießen.« Dann zog er sie auf den Bürgersteig hinaus.

Im Mondschein war es richtig hell nach dem dunklen Hauseingang. York schaute auf Sierra herab und sah, daß sie ihn beobachtete. Ihre dunklen Augen glänzten vor Eifer und Freude, und sein Herz setzte einen Schlag aus bei der intensiven Zärtlichkeit, die ihn ergriff. »Tu es nicht«, sagte er rauh. »Ich will so etwas nicht fühlen.«

»Was?« Ihr war kaum bewußt, was sie gesagt hatte. Er schaute sie mit seinen schönen blauen Augen an, sie las Zärtlichkeit darin und Güte und . . . »Als ob ich den Anker verloren hätte und aufs offene Meer hinaustriebe.« Er berührte sanft ihre Wange, und eine wohlige Wärme breitete sich in Sierra aus. »Jedesmal, wenn ich dich ansehe, komme ich ein bißchen näher an den Punkt, von dem es keine Rückkehr gibt.«

»Ich dachte, das sagt man bei Flugzeugen, nicht bei Schiffen«, entgegnete sie atemlos. »Du verwechselst deine Beispiele.« Seine Finger hinterließen eine brennende Spur auf ihrer Wange, und ihr Herz pochte so heftig, daß sie sicher war, er müsse es hören. Sie war es, Sierra, die in einem Meer von Emotionen verloren war.

Vielleicht hatte auch er etwas Ähnliches empfunden . . . »Es ist nicht wichtig.«

»Nein, das ist es nicht«, stimmte er zu. Er berührte mit den Fingerspitzen ihre vom Küssen geschwollenen Lippen und strich leicht darüber. »Das ist das einzige, was wichtig ist. Laß uns zum Haus zurückgehen, Sierra.«

»Ja.« Ihr war nur vage bewußt, daß er einen Arm um ihre Taille gelegt hatte und sie die wenigen Meter zum Haus zurückdrängte. Sie spürte seine warmen Finger auf ihrem Ellbogen, und ihre Hand schloß sich unbewußt um seine. »All das ist so . . .«

Sie wußte nicht, wie sie es sagen sollte. Sie hatten die vordere Veranda erreicht, und der rote Laternenschein tauchte Yorks hochangesetzte Wangenknochen in einen rosa Schimmer. Er will mit mir schlafen, dachte sie, und der Gedanke erregte sie maßlos. Sie erkannte das brennende Verlangen in seinen Augen. Er *begehrte* sie. Dieser wunderbare, so phantastisch gutaussehende Mann begehrte sie! »Wir gehen zusammen ins Bett«, sagte sie. Es war eine Feststellung, keine Frage.

»Falls ich es so lange aushalte. Wenn wir uns nicht beeilen, weiß ich nicht, ob es nicht auf der Veranda geschehen wird.«

»Ich habe keine Erfahrung«, sagte Sierra ernst. »Das solltest du bedenken, York. Aber ich werde mir Mühe geben, und das nützt sicher auch etwas, oder?«

Wie kam es nur, daß alles, was sie sagte, diese unglaubliche Zärtlichkeit in ihm auslöste, die seine Augen feucht werden ließ und seine Kehle verengte?

York schüttelte verwundert den Kopf. »Mach dir keine Sorgen. Es nützt eine Menge«, sagte er, bevor er sie in die Arme zog und an sich drückte. Sie war so zart. Er hatte das Gefühl, sie mit einem Druck seiner Hand zerbrechen zu können. Die Zärtlichkeit war noch da, aber sein Körper verhärtete sich, spannte sich, war bereit. Seine Magenmuskeln schmerzten vor Erwartung. »Du gibst dir immer Mühe, nicht wahr? Du gibst stets alles, was du hast.«

Er sah, wie ihre Lippen zitterten, und Sierra wirkte in diesem Augenblick so verwundbar, daß York das heftige Bedürfnis hatte, sie an sich zu reißen. Der Gedanke schockierte ihn sehr. Wie konnte er Sierra gegenüber einen derart groben Impuls haben? Er hatte noch bei keiner Frau den Wunsch gehabt, grob zu sein. Wieso hat *sie* dann diesen Effekt auf mich, fragte er sich.

Weil er nicht wollte, daß sie verwundbar blieb.

Diese Antwort schockierte ihn noch mehr. Er wollte also diesen Teil ihres Wesens zerstören, damit er sie nehmen konnte und dennoch frei blieb, sich von ihr zu entfernen. Lieber Himmel, was für ein Ungeheuer war er?

»Was ist?« fragte Sierra, als sie die verschiedensten Emotionen über sein Gesicht huschen sah. »Habe ich etwas Falsches gesagt?«

Er schob sie mit mühsam unterdrückter Heftigkeit zurück. »Das kann man wohl sagen! Du hast ›Ja‹ gesagt, verdammt. Hast du keinen Überlebenswillen? Ich sagte dir doch, eine Affäre mit mir wäre nicht gut für dich.«

Sierras Verwirrung verwandelte sich in Bestürzung. »Willst du mich nicht mehr?« Sie holte zitternd Atem und hob das Kinn. »Ich verstehe. Es war nur ein Impuls, nicht wahr? Du brauchst nicht zu denken, du müßtest mir etwas vormachen.«

»Vormachen? Lieber Himmel, bist du taub? Ich begehre dich so sehr, daß es schon schmerzt. Ich kann nicht einmal im gleichen Zimmer mit der sein, ohne dich anfassen zu wollen.« Er holte tief Luft und blickte zornig auf sie herunter. »Du machst mir das Leben zur Hölle. Wärst du doch nie in diese Stadt gekommen!«

Sierra wich betroffen zurück. Sie war leichenblaß geworden. »Es tut . . . mir leid.« O Gott, dachte sie, jetzt stammelst du auch noch! Das darf nicht sein. »Ich weiß, daß ich dir zur Last gefallen bin«, fügte sie mit etwas festerer Stimme hinzu. »Ich wollte nicht . . .« Sie brach hilflos ab.

»Verdammt.« Yorks Stimme war rauh vor Bedauern. Er sah Sierras gequälte Miene im Lampenschein und trat unwillkürlich einen Schritt vor. »Sierra, ich hatte nicht die Absicht . . .«

»Rühr mich nicht an!« sagte sie zurückweichend. »Ich weiß, daß du mich nicht verletzen wolltest. Das brauchst du mir nicht zu sagen. Bemitleide mich um Himmels willen nicht!«

Sie riß die Tür auf und lief hinein, blind vor Tränen, und auf der Treppe stieß sie fast mit Deuce zusammen. Sie drängte sich mit einer gemurmelten Entschuldigung an ihm vorbei.

»Sierra!« rief York ihr nach. »Ich wollte nicht . . .«

Sie blieb nicht stehen. Sie hätte es nicht ertragen, ihn jetzt zu sehen. Nicht, bis der erste Ansturm des Schmerzes vorbei war. Dann ging es sicher wieder. Es war nicht das erste Mal, daß sie abgewiesen wurde. Aber bei York tat es weher als bei anderen. Sie schlug ihre Zimmertür heftig zu.

Deuce zuckte bei dem Geräusch zusammen. »Vielleicht wäre ich ihr doch besser nachgegangen«, sagte er zu York. »Du scheinst Sierra nicht mit deiner gewohnten Finesse behandelt zu haben.«

York lachte rauh. »Du hast es sehr konservativ

ausgedrückt. Es ist nichts ›Gewohntes‹ an meiner Beziehung zu Sierra. Anscheinend kann ich nicht einmal den Mund aufmachen, ohne ihr weh zu tun.«

Deuce musterte York forschend. »Lieber jetzt ein bißchen Schmerz, als einen ganzen Korb voll später. Schick sie fort, York. Sonst wirst du sie sehr verletzen, und du bist nicht hart genug, um das zu tun, ohne selbst darunter zu leiden.«

Das war York bewußt. Die Qual, die er in Sierras Gesicht gesehen hatte, schmerzte ihn, als sei es seine eigene. Am liebsten hätte er sie in die Arme genommen und getröstet wie ein verletzes Kind. Aber sie war eben kein Kind, und wenn sie hierblieb, würde er derjenige sein, der sie verletzte. Und das wollte er nicht.

»Du hast recht«, sagte er müde, während er seine Jacke ablegte. »Sie kann hier nicht mehr bleiben. Ich muß mir etwas überlegen, und im Moment habe ich keine Ahnung, was das sein könnte. Ich kann sie nicht einfach so fortschicken.« Er warf die Jacke auf eine gepolsterte Bank und wandte sich zur Bibliothek. »Ich muß telefonieren. Wie wäre es, wenn du die Flasche Napoleon holtest, die du dem Besitzer jener Silbermine in Ixtapa abgewonnen hast? Ich brauche etwas Sanftes, aber sehr potentes Alkoholisches, um diese letzte Erfahrung herunterzuspülen.«

»Okay. Wenn du meinst, es hilft.«

York hatte eine ziemlich klare Vorstellung, daß es nicht helfen würde, aber er war bereit, alles zu versuchen, um Sierras bestürzte Miene und die Qual in ihren Augen zu vergessen. »Hol die Flasche, ja?«

»Wie geht es ihr?« fragte York Deuce am nächsten Abend. Er schaute vielsagend die Treppe hinauf und bemühte sich um einen leichten Ton. »Hat sie etwas gegessen? Zum Frühstück ist sie heute morgen nicht heruntergekommen.«

Deuce zuckte die Schultern. »Mittags hat sie gegessen, und nachmittags hat sie einen Spaziergang gemacht. Aber was ihre Gemütsverfassung betrifft, geht es ihr wohl nicht besonders gut. Ich weiß nicht, was du gestern abend zu ihr gesagt hast, aber es scheint ihr alle Kraft genommen zu haben. Sie schleicht durchs Haus wie ein Gespenst. Warum redest du nicht mit ihr? Vielleicht wäre eine Entschuldigung angebracht«, fügte er vielsagend hinzu.

»Laß mich in Ruhe, Deuce.« York massierte müde seinen Nacken. »Ich kann mir vorstellen, welche Wirkung sie heute auf dich hatte. Ich wäre vermutlich auch bereit, ein paar Nasen einzuschlagen, wenn ich zusehen müßte, wie sie leidet. Aber im Augenblick kann ich deine Sticheleien nicht ertragen.«

»Du brauchtest sie ja auch nicht zu sehen«, wandte Deuce trocken ein. »Du bist in dein Büro verschwunden und hast es mir überlassen. Das war nicht richtig, York. Wenn du schon ein Gemetzel veranstaltest, dann räum wenigstens hinterher auf.«

Gemetzel. Das Wort versetzte York einen Stich. Es erinnerte ihn zu lebhaft an Sierras Gesichtsausdruck im Schein der roten Terrassenlampe. »Das habe ich vor«, sagte er ruhig. »Halte noch ein paar Stunden die Stellung, während ich Verstärkung hole.«

»Verstärkung?«

York schaute auf die Uhr. »Ich fahre zum Hubschrauberlandeplatz und hole Rafe und Burke ab.«

»Das waren also die Anrufe gestern abend! Es muß dich ganz schön getroffen haben, wenn du SOS-Rufe aussendest. Ich habe noch nie erlebt, daß du deine Brüder um Hilfe gerufen hast«, fügte er nachdenklich hinzu.

»Weil sie mir als Kind soviel Hilfe aufdrängten, daß ich fast daran erstickt wäre«, erklärte York grimmig. »Ich habe mir vor langer Zeit geschworen, meine Schlachten nie wieder von anderen kämpfen zu lassen.«

Deuce betrachtete York neugierig. »Bis jetzt?«

»Bis jetzt.« York wandte sich abrupt ab. »Paß auf sie auf, bis ich zurückkomme. Mit etwas Glück wird uns die Verantwortung für sie schon morgen abgenommen.«

»Na schön.« Deuce machte eine Pause. »Ich glaube, sie wird mir fehlen. Ich habe mich schon sehr an sie gewöhnt.«

»Ich auch«, sagte York mit abgewandtem Gesicht, während er die Tür öffnete. Er konnte die Leere bereits fühlen, und dabei hatte Sierra Hell's Bluff noch nicht verlassen. Heute morgen, beim Frühstück, war ihm zum ersten Mal so richtig bewußt geworden, wie sehr sie bereits zu einem Teil seines Lebens geworden war. Es war ihm komisch vorgekommen, allein am Tisch zu sitzen, ohne ihr Lächeln und ihre dunklen Augen . . . Der Gedanke daran, wie ihre Augen am Abend zuvor ausgesehen hatten, versetzte ihm einen schmerzvollen Stich.

»Würdest du mir einen Gefallen tun, Deuce? Laß jemanden die roten Glühbirnen auf der Terrasse auswechseln. Ich kann das Rot nicht mehr sehen.«

»Wirklich? Ich dachte, du fändest es amüsant.«

York sah Sierras Gesicht vor sich, erleuchtet von dem tiefen Rot. »Das ist vorbei. Laß es auswechseln.«

Die Sonne versank bereits am Horizont, als Rafes Hubschrauber landete. Rafe war gerade ausgestiegen und ging auf York zu, der neben seinem Jeep wartete, als auch Burkes Hubschrauber schon zur Landung ansetzte.

Rafe wartete auf Burke, und gemeinsam gingen sie zu York hinüber. York konnte Burkes tiefe Stimme hören und Rafes Lachen. Es war alles so vertraut, daß er das Gefühl hatte, wieder ein kleiner Junge und auf Killara zu sein. Wie oft hatte er damals Rafe und Burke um ihre unbeschwerte Kameradschaft beneidet? Für einen Moment fühlte er sich wieder schmerzhaft isoliert, dann war es vorbei.

Er trat vor und fühlte sich augenblicklich umgeben von Liebe und Zusammenhalt. Beides hatte ihm immer zur Verfügung gestanden, und er brauchte es sich nur zu nehmen. Leider hatte er sehr, sehr lange gebraucht, um das zu begreifen.

»Ich hoffe, daß es etwas Wichtiges ist, Bruderherz«, sagte Burke. »Ich mußte eine sehr komplizierte Transaktion unterbrechen, um deinen Hilferuf zu beantworten.«

»Eine weitere Fusion?« fragte York, während er Burke die Hand schüttelte.

Burke lachte grimmig. »In gewisser Weise, ja.«

»Wozu brauchen wir eine weitere Fusion?« warf Rafe ein. Er stieg in den Wagen und streckte seine langen Beine aus. »Ich glaube, die einzige Firma, mit der wir noch keine Fusion eingegangen sind, ist IBM, oder?«

»Das ist nächsten Monat dran«, entgegnete Burke prompt. »Vorausgesetzt, ich habe Zeit dazu.« Er setzte sich auf den Beifahrersitz. »Keine Angst, ich werde euch nicht mit den Einzelheiten dieser neuen Transaktion belasten. Es ist eine strikt private Angelegenheit, und so soll es auch bleiben.«

»Wofür York und ich dir ungeheuer dankbar sind«, erklärte Rafe gedehnt. »Du magst diese Verhandlungen genießen, aber ich bin mehr für die praktischen Seiten des Lebens.« Er runzelte die Stirn, als ihm ein anderer Gedanke kam. »Du solltest im Moment keine neuen Projekte anfassen, Burke. Nach deinem Prozeß hast du eine ausgedehnte Ruhepause verdient.«

»Ich habe ein ganz spezielles Interesse an dieser neuen Transaktion.« Burke winkte ungeduldig ab. »Laß es, Rafe. So müde, wie ihr glaubt, bin ich gar nicht, und deshalb bin ich auch nicht gekommen. Es ist York, der Probleme hat.« Er wandte sich an seinen Bruder. »Also – was ist los? Hast du Personalprobleme, oder sind es diese verdammten neuen Importbestimmungen?«

»Weder noch.« York rutschte unbehaglich auf seinem Sitz hin und her und drückte das Gaspedal durch. »Es ist etwas Persönliches.«

»Persönlich?« Rafe versteifte sich und musterte York besorgt. »Siehst du das Gras woanders grüner wachsen? Wahrscheinlich ist es nur wieder Langeweile. Komm nächste Woche zu mir auf die Ranch und . . .« Er brach ab und schloß dann lahm: »Nun ja, vielleicht ist es besser, wenn du noch eine Woche wartest. Da ist ein Pferd, das ich mir ansehen will, und ich hätte keine Zeit für dich, bis . . .«

»Rafe«, unterbrach York ihn rasch, »wenn du zuhörst, werde ich euch sagen, worum es sich handelt.« Er warf Rafe einen ungeduldigen Blick zu, der dennoch seine Zuneigung zu seinem jüngeren Bruder erkennen ließ. »Du brauchst mir keine Predigt über die Vorteile eines ruhigen, seßhaften Lebens zu halten. Schließlich bist du selbst auch nicht gerade ein Paradebeispiel dafür.«

Rafes dunkle Zigeuneraugen funkelten amüsiert. »Ich

mußte schließlich mit euch mithalten, oder? Der jüngste Bruder hat diese psychologische Last zu tragen.«

»Wenn ich mich recht entsinne, war ich immer der Letzte«, entgegnete York leicht ironisch.

Burkes Lächeln war überraschend sanft. »Das ist nicht wahr. Allein die Tatsache, daß du überhaupt ins Rennen eingestiegen bist, hat dir schon den ersten Platz gesichert.«

»Das hast du mir schon oft gesagt«, bestätigte York. »Ich habe dir zwar nie geglaubt, aber ich fühlte mich immer ein bißchen besser danach.« Seine Nervosität begann nachzulassen, wie stets, wenn er mit seinen Brüdern zusammen war. In ihrer Gesellschaft hatte er sich schon immer stärker, sicherer und fähiger gefühlt, mit jeder Situation fertigzuwerden – sogar mit dem Gespenst, das seine Kindheit überschattet hatte. »In gewisser Weise renne ich noch immer gegen die Zeit. Ich hoffte, ihr könntet mir helfen.«

»Sag, was du brauchst«, forderte Burke ihn auf.

»Wir werden schon eine Lösung finden«, fügte Rafe hinzu.

York holte tief Luft. »Es handelt sich um eine Frau.«

Burkes sonst so beherrschte Miene zeigte Überraschung. »Hast du etwa die gleichen Probleme wie ich?«

»Eine ungerechtfertigte Vaterschaftsklage?« York schüttelte den Kopf. »Nein.«

Rafe lachte leise. »Eine Frau. Du machst wohl Witze! Seit du dreizehn warst, gibt es keine Frau, die sich nicht in dein Bett locken ließe.«

»Ich will sie nicht im Bett haben«, sagte York gepreßt. »Ich versuche, sie herauszuhalten. Und das ist nicht witzig, Rafe.«

Rafes Lächeln erlosch. »Dann erzähl uns, was los ist.«

Das tat York, so gewissenhaft und sachlich wie möglich.

Als er seinen Bericht beendet hatte, lachte Rafe wieder. York warf ihm einen verärgerten Blick zu, und sein jüngerer Bruder hob die Hand. »Ich lache nicht über dich, das schwöre ich auf das Grab des alten Shamus. Ich dachte gerade, es regnet nie, aber wenn, dann gießt es.« Er maß Burke mit einem nachdenklichen Blick. »Ich frage mich, ob sich der Vergleich nicht auch auf deine letzte Transaktion anwenden ließe . . .«

»Hör auf, in Rätseln zu sprechen, Rafe«, befahl Burke. »Wir sind hier, um Yorks Probleme zu lösen, kapiert?«

Rafe grinste. »Wie du meinst, großer Bruder.« Er beugte sich vor und legte die Arme auf Burkes Sitz. »York braucht uns nur zu sagen, was von uns erwartet wird.«

»Ich möchte, daß einer von euch sie morgen mit nach Hause nimmt«, sagte York, ohne seine Brüder dabei anzusehen. »Sie wird euch nicht zur Last fallen, sie ist ein wirklich nettes Mädchen. Sie wird euch sympathisch sein.«

Weder Rafe noch Burke antworteten.

»Verdammt«, sagte York empört, »ich bitte euch schließlich nicht, sie zu adoptieren! Ich möchte nur, daß ihr sie ein paar Monate zu euch nehmt, bis es ihr besser geht.«

»Laß uns eins klären, ja?« schlug Burke vor. »Es geht dir nicht darum, dem Mädchen für ein paar Monate ein Dach über den Kopf und Unterhalt zu besorgen. Du willst, daß wir uns persönlich um sie bemühen, oder?«

York nickte zustimmend. »Sie braucht jemanden, der sich um sie kümmert, und ihr seid die einzigen Menschen, denen ich sie anvertrauen würde.«

Burke fluchte halblaut. »Es ist der falsche Zeitpunkt, York. Warum hast du nicht vor einem Monat gefragt?«

»Weil ich da noch nie etwas von Sierra Smith gehört hatte«, antwortete York. »Ist deine neue Fusion so dringend?«

Burke verzog das Gesicht. »Von Tag zu Tag dringender.«

York drehte sich halb um. »Rafe?«

Rafe schüttelte den Kopf. »Nicht, wenn es eine andere Möglichkeit gibt. Deiner Beschreibung nach scheint Sierra mehr Aufmerksamkeit zu benötigen, als ich ihr jetzt geben könnte. Ich glaube, das mußt du schon mit dir selbst ausmachen, York.«

»Ich habe euch gesagt, was passiert, wenn ich sie nicht fortschicke. Sie ist ganz anders als alle Frauen, die ich kenne. Sie ist unglaublich empfindsam und sensibel. Sie wäre . . .«

York brach abrupt ab, als er merkte, wie verzweifelt seine Stimme klang. Es war nicht Burkes und Rafes Schuld, daß er den falschen Zeitpunkt erwischt hatte. Wie hätte er reagiert, wen die beiden versucht hätten, ihm eine fremde Frau aufzuzwingen? Aber er hätte Sierra genommen, wenn er sie gekannt hätte, und er war überzeugt, daß sie den gleichen Effekt auf seine Brüder haben würde. Schließlich war es ihr sogar bei Deuce gelungen, ihn innerhalb kürzester Zeit um den Finger zu wickeln!

»Wir reden später darüber«, sagte York, als er in der Einfahrt vor dem Haus hielt. »Lernt sie erst mal kennen.«

»Ich kann es kaum erwarten«, sagte Rafe gedehnt. »Hast du die Python auch gleich mit übernommen? Das wäre wirklich faszinierend.«

»Nein, da muß ich dich enttäuschen«, erwiderte York

grinsend. »Deuce hätte mein Haus fluchtartig verlassen, wenn ich Bathsheba mitgebracht hätte.«

»Wie geht es Deuce?« Burke war stirnrunzelnd auf der Veranda stehengeblieben. »Irgend etwas ist anders . . . Wo ist das gräßliche rote Licht? Fast hätte ich deine Terrasse nicht wiedererkannt.«

York zuckte die Schultern. »Ich habe die Glühbirnen auswechseln lassen.«

»Interessant«, murmelte Rafe.

Burke gab keinen Kommentar, aber er wirkte merkwürdig nachdenklich, als er York ins Haus folgte.

»Zieht eure Jacken aus und kommt in die Bibliothek«, sagte York, schon auf dem Weg in die Küche. »Ich hole Deuce, dann können wir vor dem Essen noch einen Drink nehmen.«

Kurz darauf kam er in die Bibliothek. »Ich kann ihn nicht finden«, berichtete er verwundert. »Eigenartig! Ich hatte ihn gebeten, im Haus zu bleiben und sich um Sierra zu kümmern.«

»Damit scheinst du im Moment alle möglichen Leute zu beauftragen«, bemerkte Burke trocken. »Auf dem Kaminsims liegt ein Umschlag.« Er nickte zum Kamin hinüber. »Von Deuce?«

Yorks Stirn glättete sich, als er Deuces Handschrift erkannte. »Deuce«, bestätigte er, als er das Blatt aus dem Umschlag zog. »Was hat er . . . Verdammt!« Seine Hand krampfte sich um das Blatt, bis die Knöchel weiß hervortraten. Er hatte plötzlich das Gefühl, einen gewaltigen Fausthieb in den Magen erhalten zu haben.

»York?« Rafe war sofort neben ihm. »Was ist?«

»Was glaubst du?« entgegnete York aufgebracht, während er das Papier zerknüllte. »Sierra natürlich! Wer sonst stellt mein Leben auf den Kopf? Sie hat beschlossen, meine Entscheidung nicht abzuwarten. Das hätte ich mir auch gleich denken können. Sierra ergreift stets als erste die Initiative.«

»Beruhige dich, York«, warf Burke an. »Sag uns, was passiert ist. Was soll das heißen, sie hat die Initiative ergriffen?«

York ließ das Papier achtlos auf den Boden fallen und wandte sich zur Tür. »Sie hat ihre Sachen gepackt und sich aus dem Haus geschlichen. Deuce ist ihr gefolgt, als er die Nachricht las, die sie in ihrem Zimmer hinterlassen hatte. Anscheinend hat sie sich darin sehr höflich bedankt und uns mitgeteilt, wohin sie geht, damit wir uns keine Sorgen machen.« Er lachte bitter auf. »Sorgen! Mein Gott, warum sollten wir uns Sorgen machen?«

»Wo ist sie hingegangen?« fragte Rafe, während er seine Jacke holte und York hinausfolgte. »Ich nehme an, wir folgen ihr, oder?«

»Darauf kannst du Gift nehmen«, erklärte York grimmig. »Sierra hat sich einen Job besorgt. Sie arbeitet jetzt für Melanie Dolan – im ›Soiled Dove‹.«

6

Melanie Dolan runzelte besorgt die Stirn. »Ich bin nicht sicher, ob es nicht der reinste Wahnsinn ist, es überhaupt zu versuchen«, sagte sie zu Sierra. »Es ist nicht gut, die Kunden zu verwirren. Ein Haus ist entweder das eine oder das andere.«

»Ich werde den Männern deutlich zu verstehen geben,

daß ich nur eine Kellnerin bin und nicht eines Ihrer Mädchen«, versprach Sierra ernst. »Ich habe schon als Kellnerin gearbeitet und meine Sache sehr gut gemacht. Ich werde Sie nicht enttäuschen, Melanie.«

»Das weiß ich, und darüber mache ich mir keine Sorgen. Aber einige meiner Kunden sind leider keine Gentlemen, und ich bezweifle, daß sie sich widerspruchslos abweisen lassen.« Dann zuckte sie die Schultern. »Aber ich bin bereit, es mit Ihnen zu versuchen, Sierra.« Sie schob ihren grauen Ledersessel zurück und stand mit einer anmutigen Bewegung auf.

Sie paßt überhaupt nicht in dieses kühle, nüchterne Büro, dachte Sierra belustigt. Melanie Dolan war die verkörperte Sinnlichkeit. Ihr schulterlanges rotes Haar war von Meisterhand geschnitten und umrahmte klassische Gesichtszüge. Ihr glänzendes blaues Lamékleid brachte ihre Kurven geschickt zur Geltung. Sie sah hinreißend sexy aus und wirkte gleichzeitig sehr kühl und beherrscht. Aber ihr warmes Lächeln und der Humor in ihren braunen Augen verrieten ihr gutmütiges Wesen.

Melanie trat hinter dem Schreibtisch hervor und blieb vor Sierra stehen. »Kommen Sie mit nach unten, dann stelle ich Sie dem Barkeeper vor. Es hört sich an, als hätten wir schon Kundschaft.« Sie strich Sierra eine Locke aus der Stirn und schüttelte den Kopf. »Es ist ein Fehler. Warum mache ich es bloß?«

Sierra lächelte beruhigend. »Weil Sie ein sehr netter Mensch sind und eine gute Geschäftsfrau. Und weil Sie wissen, daß Sie einen guten Gegenwert für Ihr Gehalt bekommen werden.«

Melanie zog eine Braue hoch. »Oh, das ist also der Grund? Gut, daß Sie es mir erklärt haben. Jetzt weiß ich endlich, warum ich mich dazu überreden ließ.« Sie öffnete die Bürotür und winkte Sierra, ihr zu folgen. »Dann wollen wir mal sehen, wie gut ich als Geschäftsfrau bin. Willkommen im ›Dove‹, Sierra.«

Sierra holte tief Atem und setzte ein zuversichtliches Lächeln auf. Ihr weiter Taftrock raschelte bei jedem Schritt. Das kurze, smaragdgrüne Kleid war sehr sexy, was Sierra leider nicht bedacht hatte, als Melanie es ihr nachmittags gab. Trotz des schlichten Schnitts wirkte es sehr auffallend durch seine ungewöhnliche Farbe, die Sierras helle Haut betonte und ihr einen seidigen Schimmer verlieh. Das schulterfreie Kleid mit dem enganliegenden Oberteil erinnerte Sierra an die Kostüme der Tanzmädchen in einem alten John-Wayne-Film.

Aber wozu sich Sorgen machen? Immerhin versuchte sie, jeden Tag etwas Neues dazuzulernen. Außerdem konnte sie der rothaarigen Melanie oder ihren Mädchen nicht das Wasser reichen, ob sie nun ein sexy Kleid trug oder nicht. Zwischen all den Paradiesvögeln, die durch das Lokal flatterten, würde sich kein Mann zweimal nach Sierra umschauen.

Paradiesvögel. Sierra wünschte, einen anderen Vergleich getroffen zu haben. Er erinnerte sie zu sehr an jenen Nachmittag mit York in der Küche, als . . . Nein, sie durfte jetzt nicht an York denken, nur an den Job, den sie gerade angenommen hatte.

Lärm, Rauch und Biergeruch schlugen Sierra entgegen, als sie Melanies Büro verließ. Von ihrem Platz im ersten Stock konnte sie in die Bar hinuntersehen. Und wieder wurde sie an einen Wildwestfilm erinnert.

Melanie Dolan hatte es ausgezeichnet verstanden, die Atmosphäre der Bergwerkstadt in ihrem Lokal einzufangen. Der Korridor im ersten Stock bestand aus einem Uförmigen Balkon, der die Bar auf drei Seiten umgab. Auf einer Seite befanden sich zahllose Türen, die in Privaträume führten. Eine breite Treppe, mit pflaumenfarbenem Teppichboden ausgelegt, führte ins Erdgeschoß hinab. Eine phantastische, geschwungene Theke beherrschte das Lokal. Darüber hing ein riesiges Porträt, das eine etwas nackte Schönheit darstellte, umflattert von weißen Tauben.

»Herrlich kitschig, nicht?« sagte Melanie mit einem Blick auf das Gemälde. »Aber York wollte alles so echt wie möglich haben, und das ist es zweifellos. Wie gefallen Ihnen Bertha und Charlie?«

»Bertha und Charlie?«

Melanie deutete auf die gegenüberliegende Seite des Raums, wo eine gigantische Schaukel an zwei silbernen Tauen von der Decke hing. Zwei weiße Gipstauben hockten auf der Stange der Schaukel.

»Meine Tauben«, sagte Melanie. »Nach diesem übelkeitserregend kitschigen Gemälde fand ich, man könne nur noch einen Schritt weitergehen. Ursprünglich wollte ich eine rote Samtschaukel à la Floradora Girls aufhängen, aber ich war sicher, daß einer meiner Kunden eine Möglichkeit finden würde, eines meiner Mädchen auf die Schaukel zu setzen.« Sie verzog das Gesicht. »Deshalb begnügte ich mich mit Bertha und Charlie.«

Sierra fand die Vogelschaukel noch viel kitschiger als das Gemälde, bemühte sich jedoch, diplomatisch zu sein. »Sie ist . . . interessant. Sie erinnert mich an ein Zirkustrapez.«

»Sagen Sie das nicht zu laut! In angetrunkenem Zustand sind die Minenarbeiter schlimmer als Koyoten. Einer von ihnen könnte auf die Idee kommen, zu Bertha und Charlie auf die Schaukel zu steigen.«

»Ich werde aufpassen«, versprach Sierra lächelnd, während sie Melanie zur Treppe folgte. Der Biergeruch und der Rauch waren so dicht, daß auch die großen Deckenventilatoren nicht dagegen ankamen. Das Klappern des Pianos in der Bar war durch das Gelächter und Stimmengewirr der Gäste hindurch kaum zu hören. »Gibt es sonst noch etwas, was ich wissen müßte?« fragte Sierra.

»Nein, ich glaube nicht. Im allgemeinen sind unsere Kunden recht anständig.« Melanie nickte stirnrunzelnd zu einem großen, vierschrötigen Mann in einem rotkarierten Hemd hinüber, der an einem Tisch in Barnähe saß. »Von Sam Beattie halten Sie sich besser fern. Lassen Sie Monty Jackson, den Barkeeper, an seinem Tisch bedienen. Beattie ist ein Rowdy und kann sehr giftig werden, wenn er getrunken hat.«

Sierra erschauerte. »So sieht er auch aus. Er erinnert mich an Brutus aus den Popeye-Comics.«

»An Sam ist nichts Lustiges, lassen Sie sich das gesagt sein. Wir lassen ihn nur herein, weil er uns noch mehr Ärger macht, wenn wir versuchen, ihn fernzuhalten.« Melanie drückte beruhigend Sierras Arm. »Aber es gibt nicht viele wie ihn, und mit den Mädchen oder Monty werden Sie keine Schwierigkeiten haben. Monty wird Ihnen gefallen.«

In der darauffolgenden Stunde stellte Sierra fest, daß Melanie recht hatte. Der große, fröhliche Monty war ihr sympathisch, und auch die meisten Kunden erwiesen sich als gutmütig und hilfsbereit. Viele waren mit Kartenspielen beschäftigt, die an den Tischen angeboten wurden, andere mit Melanies verführerischen ›Tauben‹. Doch sobald einer der Männer allzu aufdringlich wurde, scheuchten Melanie oder ihre Mädchen ihn diskret die Treppe in den ersten Stock hinauf.

Sierra war an der Bar und belud zum x-ten Mal ihr Tablett, als eine vertraute Stimme neben ihr erklang. »Du hättest in deiner Nachricht auch präzisieren können, worum es sich bei dem Job in Melanies Lokal handelte.«

»Deuce.« Sierra drehte sich lächelnd um. Sie freute sich, ein vertrautes Gesicht zwischen all den Fremden zu sehen. »Habe ich es dir nicht gesagt? Wahrscheinlich hatte ich es so eilig, daß ich es vergaß. Aber wie du siehst, klappt alles bestens. Du brauchst dir keine Sorgen zu machen.«

»Ich glaube, daß das nach einer knappen Stunde eine etwas übereilte Schlußfolgerung ist«, gab Deuce zu bedenken. »Nur weil du bisher nicht in eine Orgie verwickelt worden bist, bedeutet es noch lange nicht, daß es hier nicht riskant für dich werden könnte.«

Sierra schüttelte den Kopf. »Niemand achtet auf mich neben all diesen schönen Mädchen! Und alle sind sehr höflich zu mir.«

»Na großartig.« Deuces Gesicht verriet einen bemerkenswerten Mangel an Begeisterung. »Aber ich glaube, bei York kannst du nicht mit solcher Höflichkeit rechnen, wenn er hier erscheint. Ich würde dir raten, jetzt gleich mit mir nach Hause zu kommen, um der unvermeidlichen Explosion aus dem Weg zu gehen.«

»Es ist nicht mein Zuhause«, sagte Sierra ruhig. »Ich habe dort nichts zu suchen. Ihr seid beide sehr nett zu mir gewesen, aber ich kann nicht irgendwo bleiben, wo ich nichts zu sagen habe. Und da York nicht auf mich hören will, muß ich mein Schicksal eben in die eigenen Hände nehmen.« Sie lächelte unsicher. »Ich bin sicher, daß es mir hier gut geht. Er hat selbst zugegeben, daß er wünschte, ich wäre nie nach Hell's Bluff gekommen.«

»Tatsächlich?« Deuce preßte die Lippen zusammen. »Nun, dann soll er sich auch nicht beklagen, was?« Er stellte seinen linken Fuß auf die Bronzeleiste des Tresens. »Es wird mir ein Vergnügen sein, es ihm selbst zu sagen.« Er machte dem Barkeeper ein Zeichen. »Gib mir einen Brandy, Monty. Mach nur weiter, Sierra. Ich werde etwas trinken und dir für eine Weile Gesellschaft leisten.«

Sierra hatte keinen Mangel an Gesellschaft in den nächsten fünfzehn Minuten, während sie mit beladenen Tabletts von Tisch zu Tisch eilte. Sie hatte kaum Zeit, mehr als ein Lächeln mit Deuce zu wechseln, aber die Tatsache, daß er da war, vermittelte ihr ein angenehmes, warmes Gefühl. Obwohl sie sich ihrer eigenen Aussage nach hier nicht zu Hause fühlte, war Deuce fast wie ein Stück Heimat für sie.

Sie belud gerade ein Tablett von neuem, als Deuce ihr etwas zuflüsterte, und beinahe hätte sie ein Glas fallen gelassen. »Sieh nicht hin«, murmelte er an ihrem Ohr, »aber ich glaube, die Kavallerie ist im Aufmarsch.« Er schaute zu den hölzernen Schwingtüren am Eingang hinüber. »Die *gesamte* Truppe. Du kennst die anderen Delaneys nicht, oder?«

»Nein.« Sierra machte große Augen vor Überraschung, als sie sich umdrehte. »Was machen sie in Hell's Bluff?«

»Müssen sie einen besonderen Grund haben, hier zu sein? Die Delaneybrüder stehen sich sehr nahe.« Ein Lächeln spielte um Deuces Lippen. »Wie kommt es wohl, daß diese Szene mich an die Konfrontation zwischen Doc Holiday und den Earp Brothers erinnert?«

»Sie hatten alle Schnurrbärte«, erwiderte Sierra geistesabwesend, während sie die drei Männer musterte, die in der Tür standen. Die Delaneybrüder waren gepflegte, glattrasierte Männer, aber das änderte nichts an der Aura von Macht und Gefahr, die sie umgab. Obwohl sie Jeans, Stiefel und Jacken wie alle anderen Männer im Lokal trugen, besaßen sie ein Auftreten, das sie stark von den übrigen Gästen unterschied. Sierra schluckte. »Sie sind beeindruckend«, bemerkte sie. »Wer ist wer?«

»Rafe, der wie ein Zigeuner aussieht, steht links von York«, antwortete Deuce. »Der andere, der aussieht, als würde er Nägel zum Frühstück verspeisen, ist Burke.«

»Tut er es?«

»Nein, aber er frühstückt *Aktiengesellschaften!*«

Sierra glaubte es gern. Burkes markante Züge verrieten Machthunger und eine gewisse Rücksichtslosigkeit. Ihr Blick glitt zu Rafe Delaney. Zigeuner. Deuces Beschreibung traf zu. Auch Rafes etwas dunkleres Gesicht verriet Stärke, aber es fehlte ihm Burkes Rücksichtslosigkeit. Seine geschwungenen Brauen unter funkelnden Augen ließen auf Vitalität und joie de vivre schließen. Sierra lächelte ihn unbewußt an, und im gleichen Augenblick schaute er zu ihr hinüber und erwiderte ihr Lächeln. Dann wandte er sich an York und sagte etwas.

Sierra vergaß Burke und Rafe, als York den Kopf wandte und seinen Blick auf sie richtete. Ein unheilverkündendes Funkeln erwachte in seinen Augen. Dann schritt er mit derartiger Entschlossenheit durch den Raum, daß die Menge zurückwich und sich vor ihm teilte wie das Rote Meer vor Moses.

Leise Panik stieg in Sierra auf, aber sie unterdrückte sie rasch. Sie hatte die Begegnung erwartet, und daher war nichts zu befürchten. Sie hob angriffslustig das Kinn. »Hallo, York. Tut mir leid, aber im Moment habe ich keine Zeit für dich. Wie du siehst, bin ich sehr beschäftigt.« Sie nahm das Tablett und versuchte verzweifelt, sich zu erinnern, für welchen Tisch die Getränke bestimmt waren. »Es gibt sowieso nicht viel zu sagen, wenn du meine Nachricht gelesen hast.«

York nahm ihr das Tablett ab und stellte es auf die Theke zurück. »Du hast gekündigt«, erklärte er flach. »Wir gehen. Hol deinen Mantel.«

»Ich gehe nicht.« Ihre Stimme war ruhig, ihr Blick fest und entschieden. »Ich bin eingestellt worden, um hier zu bedienen, und genau das werde ich auch tun. Wie ich hörte, ist es das einzige Lokal in der Stadt, das dir nicht gehört, deshalb hast du nichts dazu zu sagen. Du wolltest mich loswerden, und das ist dir gelungen. Ende der Diskussion.«

»Da irrst du dich!« York funkelte sie wütend an. »Ich garantiere dir, daß du hier mehr lernen wirst, als dir lieb ist. Die Männer, die im ›Soiled Dove‹ verkehren, werden dir mit Freuden alle möglichen Tricks beibringen.« Sein Blick fiel auf Deuce, der lässig am Tresen lehnte. »Du scheinst dich sehr behaglich zu fühlen. Warum hast du sie noch nicht längst hinausgebracht?«

Deuce schüttelte den Kopf. »Ich denke gar nicht daran, York. Ich steige aus.« Er lächelte schwach. »Wie ich von Sierra hörte, hast du dir diese Falle selbst gegraben, und jetzt schaue ich in aller Ruhe zu, wie du dich daraus befreist.«

»Vielen Dank.«

»Stell uns vor, York.« Es war der Zigeuner, Rafe, der hinter York erschienen war. Burke stand hinter ihm. Beide Männer nickten Deuce zu und richteten ihre Blicke betont auf Sierra.

»Sierra Smith – meine Brüder Rafe und Burke«, sagte

York, ohne seinen Blick von Sierra zu lösen. Sein Lächeln war plötzlich warm und lockend. »Komm mit nach Hause, Sierra«, sagte er sehr sanft. »Das ist kein Lokal für dich. Es wird uns schon etwas einfallen.«

Seine Worte verwirrten Sierra für einen Moment, sie schüttelte ihr Haar zurück, als wollte sie das seidene Netz abwerfen, das York um sie zu weben begann. Er machte es absichtlich, und unter seiner sanften Fassade konnte sie seinen wilden Ärger spüren.

»Ich habe meinen Job«, sagte sie. »Bis ich weiterziehe, ist das ›Dove‹ mein Zuhause.« Damit nahm sie das Tablett wieder auf. »Ich habe mir schon etwas ausgedacht, oder siehst du das nicht?« Sie drängte sich an den drei Männern vorbei. »Entschuldigt mich bitte, ich habe zu tun.«

»Nicht sehr lange«, versprach York grimmig. »Ich spreche mit Melanie.«

»Darauf habe ich sie schon vorbereitet«, erwiderte Sierra. »Aber geh ruhig und sprich mit ihr, ich glaube nicht, daß du sie umstimmen kannst. Sie scheint eine sehr unabhängige Frau zu sein.« Damit verschwand Sierra in der Menge.

»Sie hat recht«, warf Deuce ein. »Melanie läßt sich nicht vorschreiben, was sie zu tun hat.«

»Ich weiß«, antwortete York gepreßt. »Sie ist fast so stur wie Sierra.«

»Was machen wir jetzt?« fragte Rafe belustigt. »Ich dachte, du würdest sie über die Schulter werfen und hinaustragen. Du hast mich schwer enttäuscht, York.«

»Das kommt vielleicht noch. Jedenfalls gehe ich nicht ohne sie. Sucht euch einen Tisch und beschafft euch etwas zu trinken. Ich spreche mit Melanie und versuche, sie zur Vernunft zu bringen.« Er bedachte Deuce mit einem ärgerlichen Blick. »Setz dich zu uns, falls du es ertragen kannst, auf der Verliererseite zu sein.«

»Mit Vergnügen! Bisher hat Sierra dich eindeutig nach Punkten besiegt. Glaubst du etwa, ich ließe mir die weiteren Ereignisse entgehen?«

»Freu dich darauf.« York wandte sich zur Treppe. »Ich habe nicht vor, dich deiner Show zu berauben.«

Während der nächsten Stunde schaute Sierra immer wieder neugierig zu Burke und Rafe Delaney hinüber, als sie durch den Raum eilte und die Tische bediente. Im Verlauf des Abends füllte sich das Lokal jedoch immer mehr, und es wurde allmählich schwieriger, jemanden im Auge zu behalten. Aber Sierra hatte ohnehin keine Zeit, sich um die Brüder zu sorgen. Es war schwer genug, weiterzumachen, während sie immer müder wurde und ihre Beine im Begriff waren, ihr den Dienst zu versagen.

»Alles in Ordnung?« fragte Monty, als er zwei Bierkrüge auf ihr Tablett setzte. »Warum machst du keine Pause? Ich schaffe es für eine Weile auch allein.«

»Etwas später vielleicht.« Sie lächelte dankbar. »Wenn die Gäste weniger werden.« Sie runzelte die Stirn. »Sie werden doch weniger, oder?«

»Kaum.«

»Schade.« Sie nahm das Tablett. »Wir werden sehen.« Rasch ging sie zu einem Tisch in der Nähe der Bar. Sie hatte ihn fast erreicht, als jemand an ihrem Rock zupfte. Mit einem mechanischen Lächeln schaute sie sich um, aber das Lächeln erstarrte auf ihrem Gesicht, als sie Brutus erkannte. Nein, berichtigte sie sich rasch, nicht Brutus, sondern Sam Beattie, der aus der Nähe betrachtet sogar noch bedrohlicher wirkte. Seine dunklen Bartstoppeln ließen ihn finster und bösartig erscheinen, und seine Augen . . . Sierra befeuchtete nervös ihre Lippen. »Brauchen Sie etwas?«

Die anderen drei Männer an Beatties Tisch lachten, und Sierra schoß das Blut in die Wangen. Was für eine dumme Frage an einem Ort wie diesem! Und Beatties Begleiter schienen genauso unangenehm zu sein wie er.

»Aufmerksamkeit«, antwortete Beattie und lehnte sich bequem zurück, ohne Sierras Rocksaum loszulassen. »Ich mag nicht von Monty bedient werden. Warum bekommen wir keinen *persönlichen* Service?« Er grinste und zeigte seine schiefen Zähne. »Aber vielleicht sollte ich mich nicht beklagen. Ich hörte eben, wie Sie unseren allgewaltigen Boss abwiesen. Das gefiel mir. Die Delaneys glauben, ihnen gehörte die ganze verdammte Welt.«

Persönlicher Service. Der Doppelsinn seiner Bemerkung war völlig eindeutig, aber Sierra bemühte sich, es zu ignorieren. »Ich habe zuviel zu tun, um alle Tische bedienen zu können. Deshalb hilft Monty mir. Ich gebe Ihre Bestellung gern weiter.«

Beattie schüttelte den Kopf. »Monty kann mir nicht geben, was ich brauche.« Der kleine blonde Mann neben Beattie lachte hämisch. »Ich möchte etwas aus dem persönlichen Vorrat unseres Bosses probieren.«

Sierra hielt das Tablett mit einer Hand, um die andere frei zu haben. »Nicht möglich.« Sie entzog Beattie ihren Rock und entfernte sich aus seiner Reichweite. »Ich schicke Ihnen Monty.« Dann eilte sie zu dem Tisch weiter, den sie ursprünglich hatte aufsuchen wollen. Ihre Hände zitterten leicht, als sie die Bierkrüge absetzte. Du darfst keine Angst haben, ermahnte sie sich streng. Beattie war zweifellos sehr unangenehm, aber zwischen den anderen Gästen konnte ihr nicht viel passieren.

Doch ihre Zuversicht schwankte, als ihr in den nächsten zehn Minuten mehrmals auffiel, wie Beattie sie aus schmalen Augen musterte. Dann sah sie ihn zu ihrer unendlichen Erleichterung aufstehen. Er durchquerte auf unsicheren Beinen das Lokal und begann die Treppe hinaufzusteigen, ganz offensichtlich auf der Suche nach einem willigeren Opfer.

York begegnete Beattie auf dem Weg nach unten, und seinem Gesichtsausdruck nach konnte er bei Melanie nicht viel erreicht haben. Sierra sah es und hätte froh sein müssen, doch erstaunlicherweise war sie es nicht. Auf dem Weg zur Bar warf York ihr einen frustrierten Blick zu. Aber noch etwas stand in seinen Augen . . . Verzweiflung . . . Qual? Verdammt, sie wollte nicht, daß York sich um sie sorgte!

»Wenn du keine Pause machen willst«, unterbrach Monty ihre Überlegungen, »würdest du mir dann einen Gefallen tun? Ich brauche saubere Geschirrtücher. Kannst du nach oben gehen und sie holen?«

Sierra löste mühsam ihren Blick von Yorks steifem Rücken. »Klar, Monty. Wieviele brauchst du?«

»Fünf oder sechs.« Er deutete auf eine polierte Eichentür im Hintergrund der Bar. »Nimm lieber die Personaltreppe, damit dich keiner der Jungs hinaufgehen sieht und glaubt, du könntest dich dort einsam fühlen. Der Wäscheschrank ist die erste Tür links am Kopf der Treppe.« Er grinste flüchtig. »Verwechsle nicht die Türen! Unsere Kunden nehmen es sehr übel, wenn sie gestört werden.«

»Das kann ich mir vorstellen.« Sierra warf einen raschen Blick auf den Balkon im ersten Stock. Beattie war nirgendwo zu sehen. Er muß in einem der Zimmer sein, dachte Sierra erleichtert. So brauchte sie sich zumindest für den Rest des Abends keine Sorgen zu machen. »Ich komme sofort zurück«, sagte sie zu Monty und ging rasch zu der Tür, die er ihr gezeigt hatte.

»Wo willst du hin?«

York! Wie war er nur so schnell an ihre Seite gekommen? Sierra drehte sich um, die Hand schon auf dem Türknauf. »Ich muß eine Besorgung für Monty erledigen. Aber das geht dich nichts an.«

»Er soll jemand anderes schicken«, entgegnete York kurz. »Ich lasse dich nicht aus den Augen in der kurzen Zeit, die du noch hier bist.«

»Es gehört zu meinen Aufgaben. Ich kann ihm nicht sagen . . .« Sie brach ab. »Stell dich nicht so an, York! Ich gehe bloß zum Wäscheschrank. Würdest du dich bitte an deinen Tisch setzen und mich in Ruhe lassen?«

»Nein.« Er stützte einen Ellbogen auf die Bar. »Ich bleibe hier und halte die Tür im Auge. Wenn du in zehn Minuten nicht zurück bist, komme ich dir nach.«

»York . . .« Am grimmigen Zug um seinen Mund erkannte sie, daß Widerspruch sinnlos war. Sie preßte verärgert die Lippen zusammen. »Na schön«, sagte sie. »Tu, was du nicht lassen kannst.«

»Das höre ich gern. Zehn Minuten, Sierra.«

Die schwere Eichentür schloß sich hinter ihr. Die kleine Diele, die zu der schmucklosen Personaltreppe führte, war hell erleuchtet, aber Sierra fühlte sich dennoch sehr isoliert. Kein Rauch, kein Lärm, kein Wildwestdekor. Die Stille war entnervend, beinahe bedrohlich . . .

Sierra schüttelte den Kopf bei dem Gedanken und stieg eilig die Stufen hinauf. Es mußte Yorks übertriebene Besorgnis sein, die das Unbehagen und ihre ungewohnte Reaktion auf die Umgebung in ihr ausgelöst hatten.

Sie öffnete die Tür am Ende der Treppe, und Rauch und Lärm waren wieder da, als sie den Balkon betrat. Die erste Tür links, hatte Monty gesagt. Sierra öffnete sie und machte Licht. Bettzeug, Decken und Handtücher lagen in ordentlichen Stapeln in den Fächern, und Sierra brauchte nicht lange, um die Geschirrtücher zu finden. Sie nahm ein halbes Dutzend heraus, schaltete das Licht aus und zog die Tür zu.

Eine große fleischige Hand schloß sich um ihren Arm. »Komm.«

Sierra hob den Kopf. Beattie. Vor Schreck blieb ihr fast das Herz stehen. Er war groß wie ein Ungeheuer, mindestens ein Meter neunzig, und breit wie ein Kleiderschrank. Sierra kam sich sehr klein und schutzlos vor, als er seine große Hand um ihre Taille legte. »Wie bitte?«

»Ich sagte, komm!« erklärte Beattie mit schleppender Stimme. Er schwankte leicht, und Sierra sah, daß er stark angetrunken war. »Nett von dir, daß du mir die Mühe erspart hast, dich zu holen. Ich habe schon ein Zimmer für uns besorgt.«

»Nein, Sie verstehen anscheinend nicht. Das ist nicht mein Job, und ich . . .« Seine Hand schloß sich brutal um ihren Arm, und sie schrie vor Schmerz leise auf. Die Geschirrtücher rutschten ihr aus der Hand. »Lassen Sie mich los!«

»Du wärst nicht hier, wenn es nicht dein Job wäre.« Er schlang einen Arm um ihre Taille, und seine Finger gruben sich schmerzhaft in ihre Rippen. »Jeder weiß, daß du mit Delaney zusammenlebst.« Er grinste hämisch. »Ist es dir zu langweilig? Suchst du Abwechslung? Dann bin ich dein Mann. Ich kann dir zeigen, wie man . . . au!«

Er ließ Sierra nicht los, wie sie gehofft hatte, aber der Tritt gegen sein Schienbein hatte ihn wenigstens für einen Moment von seinem Vorhaben abgelenkt. »Sie sollen mich loslassen, habe ich gesagt!« flüsterte Sierra zornig. »Nehmen Sie ihre Hände weg, sonst schreie ich das ganze Haus zusammen.«

»Den Teufel wirst du tun!« Ein gemeiner Ausdruck huschte über Beatties Gesicht. »Du kommst mit und gibst mir, was ich will. Oder bin ich dir nicht gut genug?« Er begann Sierra den Korridor hinabzuziehen. »Ich bin es leid, angespuckt zu werden.«

»Das können Sie nicht tun!« Sierra zerrte verzweifelt an seiner Hand.

»O doch.« Beattie schaute mit trunkenem Grinsen auf sie herab. »Wenn du auch nur einen Pieps von dir gibst, breche ich dir die Rippen.« Er umklammerte ihre Taille noch fester, und Sierra schnappte nach Luft. Er könnte es, dachte sie bestürzt. Seine große Hand war hart wie Granit. Daß er es tun *würde,* war keine Frage. *Er kann sehr giftig werden,* hatte Melanie gesagt.

Der Gedanke hämmerte in Sierras Kopf, als Beattie sie den Korridor hinunterschleppte. Sie spürte die Bosheit, die von ihm ausging, geradezu körperlich, und warf einen verstohlenen Blick in die Bar hinunter. Niemand schien etwas bemerkt zu haben. Ein Mann und eine Frau auf dem Balkon waren ein gewohnter Anblick in diesem Haus, und Rauch und Lärm taten ein Übriges, um Beatties Vorhaben zu verschleiern.

Den Tisch, an dem die Delaneys saßen, konnte Sierra nicht sehen. Sie verrenkte den Hals und erhaschte einen flüchtigen Blick auf York, der an der Theke stand. Sein Blick war auf die Tür fixiert, hinter der Sierra verschwunden war. Schau hinauf, flehte sie stumm. Schau zum Balkon hinauf, York!

Was soll das heißen? fragte sie sich empört. Nur weil du Angst hast, rennst du schutzsuchend zu York? Es war nicht die erste Situation dieser Art, die sie erlebte, und bisher war sie noch immer damit fertiggeworden. Denk nach! forderte sie sich auf. Sie mußte nachdenken. Aber sie war wie gelähmt vor Angst, ihr Magen krampfte sich zusammen, und eine heftige Übelkeit stieg in ihr auf. Beattie war so groß. Wenn es ihm gelang, sie in eines der Zimmer zu ziehen, war sie ihm hilflos ausgeliefert.

»So ist es brav«, sagte er, als er vor einer der Türen stehenblieb. »Ich tue dir nicht weh, wenn du dich nicht wehrst . . .«

Er lockerte seinen Griff ein wenig, und Sierra sah ihre Chance gekommen. Sie stieß ihm den Ellbogen in die Rippen und riß sich los. Der Stoß schien ihm nicht viel ausgemacht zu haben, aber sie hatte wenigstens wieder Bewegungsfreiheit. Keuchend wich sie zwei Schritte zurück.

»Du Biest!« Beattie kam drohend auf sie zu, wütend wie ein verletzter Grizzlybär. »Das war ein Fehler. Was ich jetzt mit dir mache, wird dir nicht gefallen.«

Sierra zog sich Schritt für Schritt zurück. In welchem Raum ist Melanies Büro? überlegte sie fieberhaft, dann fiel ihr ein, daß es sich auf der gegenüberliegenden Seite des Balkons befand. Bis dahin schaffte sie es nie. Auch zur Treppe war es zu weit. Beattie verstellte ihr den Weg.

Er lächelte boshaft. »Na, hast du Angst? Das solltest du auch!«

Sierra schaute sich blindlings um. Dann sah sie es. *Bertha und Charlie!* Sie streifte ihre Schuhe ab und rannte den Korridor hinab. Ein lautes Fluchen ertönte hinter ihr, dann nahm Beattie die Verfolgung auf. Sierra kletterte über das Balkongeländer und blieb vorsichtig auf dem schmalen Sims stehen.

»Was, zum Teufel . . .?« Schon war Beattie hinter ihr und streckte die Hand nach ihr aus. Länger konnte sie nicht warten. Sie ließ das Geländer los und sprang. Ihre Hände berührten die Querstange der Vogelschaukel, und sie umklammerte sie hart. Geschafft! Die Silbertaue schienen ein bißchen nachzugeben unter Sierras Gewicht, und die Gipstauben schwankten trunken auf ihrer Stange.

Sierra hörte einen Aufschrei aus dem Raum unter sich, dann Applaus, Gelächter und sogar ein paar schrille Pfiffe. Lieber Himmel – die Gäste schienen es für eine Art Streich zu halten! Außer York. Sierra sah, daß er in fassungsloser Betroffenheit zu ihr hinaufstarrte und seine Lippen Worte formten, die sie nicht hören wollte.

»York!« rief sie verzweifelt und schwang sich so weit wie möglich zu dem Pfosten zurück, der den Balken stützte. »Fang mich auf!«

Sie stieß sich kräftig von dem Pfosten ab. Ihre Hände und Arme schmerzten von der Anstrengung, denen sie ausgesetzt waren. Sierra schwang vor und zurück – einmal, zweimal, dreimal. Dann sah sie eine verschwommene Bewegung unter sich. York? Jetzt oder nie!

Sie schloß die Augen, als sie die Stange losließ. Wenn er sie nicht auffangen konnte, wollte sie es nicht schon vorher wissen. Dann stürzte sie durch die verrauchte Luft.

Starke Arme packten sie und zogen sie in eine schützende Umarmung. Sierra wurde ganz schwindlig vor Erleichterung. »York«, flüsterte sie.

»Burke.«

Überrascht stellte sie fest, daß sie in grüne Augen schaute, und nicht in blaue. Der Bruder, der Aktiengesellschaften zum Frühstück aß.

»Ich stand am nächsten«, erklärte er belustigt und neigte höflich den Kopf. »Wie geht es Ihnen?«

»Sehr viel besser als wenige Minuten zuvor.«

»Das kann ich mir denken.« Er drehte sich halb um, als York hinter ihm erschien. »Dein Eigentum, glaube ich.« Damit schob er Sierra auf York zu. »Du solltest sie ein bißchen aufpäppeln. Sie ist federleicht.«

Yorks Arme schlossen sich schützend um Sierras Schultern.

»Das stimmt«, sagte er heiser. Er war ungewöhnlich blaß, und an seinem Kinn zuckte ein Muskel. Das Sprechen schien ihm nicht leichtzufallen. »Danke, Burke. Ich glaube, ich hätte sie nicht rechtzeitig auffangen können.«

Burke nickte. »Gern geschehen. Wie wäre es, wenn wir jetzt den Rückzug anträten? So, wie der Mann aussieht, der die Treppe herunterstürmt, wird sie nicht lange in Sicherheit sein.«

»Das werden wir gleich sehen.« Rafe Delaney stand plötzlich neben ihnen. Sein Gesicht war hart und entschlossen, seine Stimme gefährlich sanft. Dann grinste er mutwillig. »Wie wäre es, wenn wir das Problem endgültig aus dem Weg schafften?«

»Nein«, sagte Sierra rasch. »Ich möchte keinen Ärger verursachen. Er hat Freunde . . .« Die Freunde waren bereits aufgestanden, stellte sie betroffen fest. »Laß mich los, York. Das ist mein Problem. Es hat nichts mit euch zu tun.«

Beattie war vor ihnen stehengeblieben. Seine Augen funkelten bösartig. »Geben Sie sie her!«

»Nein.«

Du liebe Güte, jetzt streiten sie sich um mich wie Hunde um einen Knochen! dachte Sierra entgeistert. Es hätte schon fast komisch sein können, wenn die Atmosphäre nicht derartig gewalttätig gewesen wäre.

Beattie kam einen Schritt näher und streckte die Hand nach Sierra aus.

»Deuce.« Yorks Stimme schnitt durch die Stille im Raum. »Nimm sie. Und paß um Himmels willen auf sie auf!«

Und wieder wurde Sierra in schützende Arme gedrängt, diesmal in Deuces. Verrückt. Sie hatte das Gefühl, ein Objekt zu sein. Beattie fluchte zornig, als Deuce Sierra fortzog. »Laß mich los, Deuce«, sagte sie rasch. »Ich muß . . .« In diesem Augenblick explodierte der Raum hinter ihr, und sie verenkte sich den Hals, um zu sehen, was passiert war.

Fäuste schossen durch die Luft, Stühle zersplitterten, und wildes Fluchen wurde laut. Sierra sah das zufriedene Lächeln, mit dem York sich Beattie näherte. »Nein!« flüsterte sie entsetzt und versuchte sich aus Deuces Armen zu befreien. »Warum läßt du mich nicht los? Er wird York zusammenschlagen! Ich muß ihm helfen!«

»York sagte, ich solle mich um dich kümmern«, erwiderte Deuce ruhig. Als sie nicht aufhörte, sich zu wehren, fügte er spitz hinzu: »Würdest du bitte aufhören? Ich bin kein Herkules wie die Delaneys. Wie soll ich dich hinausbringen, wenn du mich nicht dabei unterstützt?«

»Meinst du etwa, ich ginge, wenn sie sich hier gegenseitig umbringen?«

»Anscheinend nicht.« Er seufzte. »Na schön, wir bleiben hier.« Er stellte Sierra auf die Beine, dann ließ er sich auf die Knie fallen und zog Sierra mit sich. »Wir schließen einen Kompromiß. Komm mit.« Er kroch unter einen Tisch und zog Sierra hinter sich her. »Ich habe schon oft die Erfahrung gemacht, daß der sicherste Platz bei einer Rauferei unter einem Tisch ist. Man sieht, was vorgeht, aber man wird – hoffentlich! – nicht gesehen.«

»Aber ich will . . .«

»Hier oder draußen?« sagte Deuce entschieden. »Du würdest York nur ablenken und ihn in Gefahr bringen, verletzt zu werden. Was willst du also?«

»Okay, bleiben wir hier«, stimmte Sierra seufzend zu. »Aber ich kann nicht viel sehen. Vorher waren es nur Beattie und seine Freunde gegen die Delaneys. Und jetzt machen plötzlich alle mit. Wie ist es dazu gekommen?«

»Ich würde Stunden brauchen, um dir den Dominoeffekt einer Barrauferei zu erklären«, erwiderte Deuce. »Einmal wollte ich sogar ein Buch darüber schreiben, aber . . .«

»Beattie ist k.o!« Sierra packte erregt Deuces Arm. »Ich sehe sein Gesicht auf dem Boden – neben einem Paar schwarzer Stiefel.«

»Nur sein Gesicht?« murmelte Deuce. »Interessant. York muß noch viel wütender sein, als ich angenommen hatte.«

»Du weißt, was ich meine. Ich kann York nicht sehen. Sollte der Kampf damit nicht vorüber sein?«

»Tut mir leid, Sierra, aber so funktioniert es nicht. Du wirst merken, daß es vorbei ist, wenn es plötzlich ganz still wird.« Ein Tisch voller Biergläser landete auf dem Boden und zersplitterte. »Noch nicht, anscheinend.«

»Sie werden sich verletzen.« Sierra biß sich auf die Lippen. »York und seine Brüder könnten . . .«

Deuce schüttelte den Kopf. »Ich habe die Delaneybrüder schon öfter raufen sehen, und ich versichere dir, sie teilen mehr aus als sie einstecken.«

»Es gibt für alles ein erstes Mal. Was ist, wenn . . .« Sie brach ab. Das Chaos war urplötzlich zum Stillstand gekommen, und nur ein einziges Geräusch war noch zu hören. Jemand lachte!

Deuce lächelte schwach. »Rafe. Komm, ich glaube, es ist vorbei.« Er nahm Sierras Arm und half ihr unter dem Tisch hervor.

York, Burke und Rafe standen bei der Theke und waren – soweit Sierra es beurteilen konnte – die einzigen, die noch standen. Der Saal sah aus, als sei ein Wirbelsturm hindurchgefegt: zerbrochenes Glas, umgekippte Tische und Stühle, Männer, die bewußtlos auf dem Boden lagen oder hockten und sich benommen umschauten. Sierra hörte ein Stöhnen und sah den blonden Mann, der bei Beattie gesessen hatte, auf der Treppe liegen. Melanies Mädchen drängten sich um die Balkonbrüstung im ersten Stock und starrten betroffen auf das Durcheinander.

Melanie selbst kam wie eine rachsüchtige Walküre die Treppe hinunter. »York, was fällt dir ein, mir mein Lokal zu zerlegen? Du kommst hereingestürmt und . . .«

York hob die Hand. »Was die Versicherung nicht deckt, zahle ich. Es war die Sache wert. Du solltest den Arzt kommen lassen. Ich glaube, er hat hier einiges zu verpflastern.«

»Ihr drei könntet auch ein paar Pflaster brauchen«, bemerkte Melanie mit einem vielsagenden Blick auf die rot und blau unterlaufenen Gesichter der Delaneys.

»Wir kümmern uns zu Hause darum.« York wandte sich ab und entdeckte Sierra. Sein Lächeln verblaßte.

»Und wir *gehen* nach Hause. Sierra. Ich glaube nicht, daß Melanie noch einmal ein solches Risiko eingeht.«

Melanie schüttelte bedauernd den Kopf. »Es war ein Fehler. Ich wußte ja, daß ein Haus nur das eine oder das andere sein kann. Es tut mir leid. Sierra.«

»Nein, *mir* tut es leid, Melanie«, entgegnete Sierra bedauernd. »Ich wollte nicht, daß so etwas geschieht. Wenn ich irgendwie beim Aufräumen helfen kann . . .«

»Gehen Sie mit York nach Hause«, sagte Melanie schnell. »Wir kümmern uns schon darum.« Sie schien plötzlich sehr nervös. »Ich lasse Ihre Sachen zusammenpacken und sie Ihnen hinüberschicken. Sie brauchen wirklich nicht zu bleiben.«

»Na schön.« Sierra wandte sich an York. »Ich komme mit, aber damit ist noch nichts geregelt! Unser Problem bleibt bestehen.«

»Darüber reden wir später.« York wandte sich zur Tür. »Im Moment interessiert mich nichts anderes, als nach Hause zu kommen und unter die Dusche zu gehen, damit der Schmerz in meinen Gliedern nachläßt.« Er drehte sich grinsend zu seinen Brüdern um. »Es gibt nur zwei Badezimmer im Haus. Müssen wir Strohhalme ziehen, um zu sehen, wer der Letzte ist?«

Rafe machte ein schockiertes Gesicht. »Also wirklich, York – du weißt doch, daß Mutter immer gesagt hat, ›die Gäste kommen zuerst‹. Du erstaunst mich sehr.«

»Und die Älteren haben Vortritt«, fügte Burke gedehnt hinzu. »Ihr beide könnt euch um das andere Badezimmer streiten.«

York schüttelte den Kopf. »Es sieht ganz so aus, als käme ich mal wieder ganz zum Schluß.«

»Nicht bei der Rauferei«, erklärte Burke ernst. »Jedesmal, wenn ich dich so stark und zäh sehe wie den alten

Nick, möchte ich am liebsten jubeln vor Freude oder ein Dankgebet . . .« Er brach ab. »Ach, was soll's. Kommt, laßt uns duschen gehen.« Er ging an York vorbei und zur Tür hinaus.

York und Rafe folgten etwas langsamer, und Sierra hörte Rafes tiefes Lachen, als er York liebevoll auf die Schulter klopfte. »Was hatte das zu bedeuten?« fragte sie Deuce.

Er zog die Schultern hoch. »York wird es dir später bestimmt erzählen. Du brauchst dich nicht ausgeschlossen zu fühlen. Es ist keine Absicht bei ihnen. Sie stehen sich einfach so nahe, daß es unwillkürlich dazu kommt.«

Sierra schaute ihnen wehmütig nach. »Ich fühle mich nicht ausgeschlossen. Ich bin höchstens ein bißchen neidisch. Es muß ein wunderbares Gefühl sein . . .«

Deuce nickte. »Damit bist du nicht allein. Ich kenne das Gefühl auch«, gab er lächelnd zu. »Aber laß uns jetzt nach Hause gehen und unsere verwundeten Gladiatoren verbinden.«

Sierra nickte zustimmend und folgte ihm hinaus.

Behutsam legte Sierra ein rohes Steak auf Rafes Auge. »Ich habe mich schon oft gefragt, ob das wirklich hilft«, meinte sie. »Hätte ein Eisbeutel nicht den gleichen Effekt?«

Rafe grinste. »Wahrscheinlich. Aber man sollte die Traditionen bewahren. Wir Delaneys sind sehr traditionsbewußt.«

Sierra schaute zum Küchentisch hinüber, wo Deuce vorsichtig eine antiseptische Lösung auf den Schnitt über Burkes rechtem Auge auftrug. »Du scheinst mehr mitgekriegt zu haben als Burke. Er hat nur eine Prellung auf der Wange und diesen Schnitt.«

»Ich kämpfe ja auch härter«, erklärte Rafe selbstbewußt. »Ein Wunder, daß Burke sich nicht mit dir und Deuce unter dem Tisch verkrochen hat.«

Burke gab einen Ton von sich, der halb wie ein Knurren und halb wie ein Schnauben klang. »Du willst sagen, du bist rücksichtsloser. Wie oft muß ich dir noch sagen, daß ein guter Zweikampf eine Wissenschaft für sich ist?«

»Das Auge ist nicht so schlimm«, bemerkte Sierra, »aber deine Nase wird ein paar Tage wie ein Elefantenrüssel aussehen, Rafe.« Sie betrachtete sie stirnrunzelnd. »Meinst du, sie ist gebrochen?«

»Höchstwahrscheinlich. Sie war schon zweimal gebrochen und ist deshalb ziemlich anfällig für Frakturen.« Er zuckte zusammen, als sie vorsichtig ein Pflaster über seinen Nasenrücken klebte. »Aber es könnte schlimmer sein. Beim letzten Mal hat es mehr weh getan.« Er schaute zu Burke hinüber. »Hast du gesehen, daß York mit einer aufgesprungenen Lippe davongekommen ist?« erkundigte er sich grinsend. »Ich habe ihm gesagt, er müsse einen ganz netten Tanz aufgeführt haben, um sein klassisches Profil zu schützen.«

»Dann wundert mich, daß du nur ein blaues Auge hast und nicht zwei«, entgegnete Burke. »York schien etwas verstimmt, als er zum Duschen nach oben ging.«

Rafe nickte. »Ich glaube, er hat sich nur zurückgehalten, weil ich mir meine Wunden im Kampf um seine Sache zugezogen habe.«

»Aber es war nicht seine Sache!« widersprach Sierra rasch. »Es ging nur mich etwas an. Ich kann euch gar nicht sagen, wie unangenehm es mir ist, daß ihr darin verwickelt wurdet – ganz zu schweigen von euren Verletzungen.« Ihre Augen wurden feucht. »Es tut mir sehr, sehr leid.«

Rafe lächelte beruhigend. »Mach dir nichts daraus, Sierra. So etwas kommt vor.« Seine dunklen Zigeuneraugen funkelten plötzlich amüsiert. »Burkes und Yorks Ansicht nach werde ich sehr viel häufiger in kleine Raufereien verwickelt als sie, aber das solltest du nicht glauben.«

»Glaub es ruhig«, warf Burke ein und schaute Sierra ernst an. »Und mach dir meinetwegen keine Gedanken. Ich brauchte die kleine Auseinandersetzung heute abend. Ich stand in letzter Zeit unter starkem Streß, und die Rauferei bot mir eine gute Gelegenheit, mich ein bißchen abzureagieren.«

Sierra lächelte unsicher. »Ihr hättet ernsthaft dabei verletzt werden können.«

»Aber wir sind es nicht«, sagte Rafe fröhlich. »Und die Rauferei hat verdammt Spaß gemacht.«

Deuce trat von Burke zurück und schloß die Flasche mit der antiseptischen Lösung. »Mehr kann ich nicht tun. Willst du noch ein Pflaster haben?«

Burke schüttelte den Kopf. »Nein, es heilt besser, wenn Luft drankommt.«

»Richtig.« Deuce schaute Sierra fragend an. »Hast du den Riß in Yorks Lippe desinfiziert, bevor er zum Duschen ging?«

»Nein.« Sie senkte den Kopf. »Würdest du es bitte tun, Deuce? Ich glaube, ich gehe lieber ins Bett. Ich bin todmüde.«

»Klar.« Deuce nickte verständnisvoll. »Geh nur. Eine Auseinandersetzung reicht für heute abend.«

Sie lächelte traurig. »Es wird keine Auseinandersetzung geben. Wir brauchen nur zu einer Einigung zu kommen. Aber ich habe nicht vor, Rafe und Burke noch weiter in meine Probleme zu verwickeln.« Sie drehte sich zu den Brüdern um. »Sehe ich euch morgen früh?«

Rafe schüttelte den Kopf. »Ich muß zurück, und Burke ebenfalls. Wir brechen bei Sonnenaufgang auf.«

»Dann verabschiede ich mich jetzt von euch. Es ist schade, daß wir uns nicht unter angenehmeren Umständen kennengelernt haben.«

»Das nächste Mal«, sagte Rafe. »Ich freue mich schon darauf.«

Sierra verzog zweifelnd das Gesicht. »Ich weiß nicht, ob ich das glauben soll, nach dem Ärger, den ich euch verursacht habe. Aber es ist nett, daß du es sagst.«

Burke lächelte nachsichtig. »Nun, du mußt zugeben, daß man in einer Situation wie dieser auf oberflächliche Höflichkeitsbezeugungen verzichten kann.«

Sierra nickte. »Ja, das ist das einzig Positive daran. Nochmals vielen Dank, daß du mich aufgefangen hast. Nicht einmal Papa Marino hätte es besser gekonnt.«

»Es war mir ein Vergnügen.« Burke zog eine Braue hoch. »Ich nehme an, Papa Marino gehörte zu der Varietétruppe, mit der du herumgezogen bist? York hat uns davon erzählt.«

»Es waren Akrobaten«, antwortete Sierra leise. »York muß euch ausführlich über meine Lebensgeschichte informiert haben. Und ihr seid auch gar nicht zufällig hier, oder? York hat euch meinetwegen kommen lassen.«

Sie hob die Hand, als sie sah, daß beide Brüder mit der Antwort zögerten. »Ihr braucht nichts zu sagen – die Situation ist auch so schon unangenehm genug für euch.« Sie spürte, wie ihr das Blut in die Wangen stieg und wandte den Kopf ab. »Es tut mir nur leid, daß York es für nötig hielt, euch . . .« Sie winkte hilflos ab. »Es tut mir einfach leid, verdammt.« Dann verließ sie fluchtartig den Raum, halb geblendet von den Tränen, die in ihre Augen schossen.«

»Sierra!«

York stand am Fuß der Treppe. Sein Haar war noch feucht von der Dusche, und seine Augen spiegelten Besorgnis wider. »Was ist los mit dir?«

»So viele Probleme«, murmelte sie mit brüchiger Stimme. »Du hättest es nicht tun sollen, York. Ich sagte dir doch, daß ich es nicht ertrage, ein Wohlfahrtsfall zu sein. Du hättest nicht . . .« Sie drängte sich an ihm vorbei und rannte die Treppe hinauf.

York starrte ihr nach, versucht, ihr zu folgen, aber er wußte auch, daß es in diesem Augenblick zwecklos gewesen wäre. Sie waren beide nervös und angespannt, und daher war es besser, ein bißchen Zeit verstreichen zu lassen, bevor sie miteinander redeten. Der innere Aufruhr, der ihn beherrschte, würde höchstens dazu führen, daß er genau das tat, was er unbedingt vermeiden wollte . . .

Er hob den Kopf und schaute Rising Stars ernstes Gesicht an. »Hast du Joshua auch soviel Ärger gemacht?« fragte er leise. »Kein Wunder, daß der arme Kerl kein zweites Mal geheiratet hat.« Er blieb noch einen Moment stehen, dann wandte er sich in Richtung Küche.

Deuce hatte inzwischen für alle eine großzügige Menge Brandy eingeschenkt und reichte York ein Glas, sobald er in die Küche kam. »Vorsicht mit deiner Lippe«, warnte er. »Der Alkohol wird in der Wunde brennen wie Feuer.«

Das tat er, aber es war die Sache wert. York stürzte den

Inhalt seines Glases hinunter und hielt es Deuce auffordernd entgegen. »Mehr.«

Deuce schenkte nach. »Ich glaube, ich brauche deine Wunde nicht zu desinfizieren, wie Sierra mich gebeten hat. Wenn du so weiterschluckst wie jetzt, wird der Schnitt nicht nur sauber sein, sondern sogar steril. Was deinen Kopf angeht, bin ich allerdings nicht so sicher.«

»Schlimmer, als es jetzt schon ist, kann es nicht werden.« York betrachtete Rafe und Burke über den Rand seines Glases hinweg. »Macht euch keine Sorgen, ich werde euch nicht drängen, Sierra mitzunehmen. Heute abend ist mir bewußt geworden, daß ich sie nicht aus den Augen lassen kann, nicht einmal mit euch als Bewachern. Ich würde wahnsinnig werden vor Sorge, was sie nun wieder anstellen könnte.«

Burke und Rafe wechselten vielsagende Blicke.

»Wir dachten uns schon, daß du zu diesem Schluß kommen würdest«, versetzte Burke. »Dein Gesichtsausdruck, als du Sierra an der Schaukel hängen sahst, war sehr . . . aufschlußreich.«

York unterdrückte ein Schaudern. Er wollte nicht an den Moment erinnert werden. Rasch trank er einen Schluck Brandy. »Das bezweifle ich nicht. Ich hatte das Gefühl, als würden mir sämtliche Eingeweide aus dem Leib gerissen.«

Deuce verzog angeekelt das Gesicht. »Was für ein blutrünstiger Vergleich!«

»Aber passend«, entgegnete York. »Sehr passend.« Er hob das Glas und prostete seinen Brüdern zu. »Danke, daß ihr gekommen seid. Es tut mir nur leid, daß es umsonst war. Ich sehe jetzt ein, daß ich meine Probleme selber lösen muß.«

»Wir kommen immer, wenn du uns brauchst, York«, sagte Rafe ruhig. »Wir sind immer für dich da.«

»Wenn wir dir helfen können, laß es uns wissen.« Burke trank sein Glas aus und stand auf. »Ich gehe schlafen. Zumindest heute nacht werde ich keine Schwierigkeiten damit haben.«

Rafes Neugier war geweckt. »Wieso – hast du Schwierigkeiten . . .« Er brach ab. »Vergiß es. Selbst wenn du es mir erzählen würdest, bin ich im Moment nicht so sicher, ob ich es überhaupt wissen will. Dafür haben wir später Zeit, wenn ich die großäugige Nymphe, die durch die Luft flog, vergessen habe.« Er lehnte sich zurück und reichte Deuce sein Glas, um es nachfüllen zu lassen. »Obwohl es recht amüsant war, York, deinen Zwerg neben den komischen Gipstauben auf dem Trapez zu sehen.«

»Bei mir wird es noch einige Zeit dauern, bis ich etwas Humorvolles an der Situation entdecken kann«, entgegnete York. »Gehst du nicht ins Bett?«

Rafe schüttelte den Kopf. »Ich bin zu rastlos heute abend.« Mit unschuldiger Miene fügte er hinzu: »Aber geht ihr beide nur schlafen. Wir jungen Böcke brauchen nicht soviel Schlaf wie ihr alten Hirsche. Vielleicht kann ich Deuce zu einer Partie Poker überreden.«

»Aber gern«, sagte Deuce gedehnt. »Bei dir kann ich wenigstens mit Verständnis für meine kleinen Eigenarten rechnen. York hat sich in letzter Zeit sehr intolerant gezeigt.«

»Wenn ihr die ganze Nacht über den Karten sitzt, dann brüht morgen früh eine Kanne Kaffee auf«, bat York. »Ich stehe um fünf Uhr auf, um euch zum Landeplatz zu fahren.«

»Ich fahre sie«, bot Deuce an. »Schlaf dich aus und laß deine wunden Knochen ruhen.«

York schüttelte den Kopf. »Nein, nicht nötig. Ich kann später schlafen, und meine Brüder sehe ich auch so schon viel zu selten.« Er schnitt eine Grimasse. »Außerdem wird es mir nicht schwerfallen, im Morgengrauen aufzustehen. Ich habe selbst in letzter Zeit kaum Schlaf gefunden.« Er fing Rafes wachsamen Blick auf und schüttelte warnend den Kopf. »Komm, Burke. Wie der Kleine schon ganz richtig sagte: es wird Zeit, daß wir alten Hirsche ins Bett kommen.«

7

Sierra schlief bis zum späten Nachmittag des nächsten Tages. Es überraschte sie nicht, denn schließlich hatte sie bis zum Morgengrauen keinen Schlaf gefunden. Sie hatte noch hellwach im Bett gelegen, als sie auf dem Korridor York und seine Brüder hörte, ihre Schritte, Rafes leises Lachen, das Zuschlagen der Haustür und das Anspringen des Jeeps, das die Stille des Morgens unterbrach.

Auch in ihr war alles still gewesen. Nach einer schlaflosen Nacht und ausgiebigem Nachdenken war sie zu einem Schluß gekommen, einer Einsicht, die schließlich zu einer Entscheidung geführt hatte. Diese Entscheidung hatte ihr Frieden vermittelt, und danach war sie mühelos eingeschlafen. Beim Erwachen hatte sie die gleiche innere Ruhe und Zufriedenheit empfunden, und nach einer kurzen Dusche hatte sie sich angezogen und war nach unten gegangen, um York zu suchen.

Deuce saß am Küchentisch und trank Kaffee. Er schaute auf, als Sierra eintrat. »Du scheinst dich jedenfalls nicht am Rande eines Nervenzusammenbruchs zu befinden«, bemerkte er trocken. »Ganz im Gegenteil – du siehst wesentlich besser aus als ich mich fühle.«

»Ja, es geht mir gut«, bestätigte Sierra, während sie zum Schrank ging, um eine Tasse und einen Teller herauszunehmen. »Ich wünschte, ich könnte das gleiche auch von dir behaupten. Mit den dunklen Rändern unter deinen Augen siehst du aus wie die Verkörperung von Dorian Gray. Schlimmer als die Delaneys nach der Rauferei.«

»Ich war die ganze Nacht mit diesem Satansbraten Rafe zusammen«, knurrte Deuce. »Er hat mich nicht nur unter den Tisch getrunken, sondern meinen Zustand auch noch ausgenutzt, um die Karten zu seinem Vorteil zu manipulieren.« Deuce trank einen Schluck Kaffee. »Ich war äußerst indigniert.«

»Er hat dich *beschummelt*?«

Deuce ging automatisch in die Defensive. »Wenn ich meine sechs Sinne beisammen gehabt hätte, wäre es ihm nie gelungen. Seit meinem zwölften Lebensjahr hat es niemand mehr geschafft, mich derart dranzukriegen.«

Sierra mußte sich ein Lachen verkneifen und wandte sich rasch ab, um Kaffee einzuschenken. Dieser freche Zigeunerteufel, dachte sie amüsiert. »Ja, ich bin überzeugt, daß er deine Lage schamlos ausgenutzt hat«, sagte sie laut und überspielte ihr Lachen mit einem Hüsteln. »Wo ist York?«

»In der Mine. Er war bis mittags hier, um auf Dornröschen zu warten, und er hat sogar mehrmals nachgeschaut, ob du noch lebst und nicht im Schlaf an einem Herzanfall gestorben warst.«

»Wirklich?« Sierra wurde ganz warm ums Herz. Sie trank ihren Kaffee und betrachtete sinnend die Tasse in ihrer Hand. »Tut mir leid, daß er sich Sorgen gemacht hat. Ich habe gestern nacht sehr lange nachgedacht und bin erst heute früh eingeschlafen.«

»Das dachte York sich schließlich auch.« Deuce schwieg einen Moment. »Er dachte, du könntest verärgert sein, wenn du aufwachst. Deshalb hat er mich als Wachtposten zurückgelassen. Er war nicht sicher, in welche Richtung du diesmal fliehen würdest.« Deuce musterte Sierra fragend. »Aber du bist gar nicht verärgert, oder?«

»Nein, nicht mehr.« Sie schaute auf und lächelte Deuce an. »Und da ich auch im Moment nicht vorhabe, irgendwohin zu fliehen, kannst du ruhig zu York ins Büro gehen. Obwohl ich dir eher raten würde, zwei Aspirin zu nehmen und dich ins Bett zu legen.« Mit todernster Miene fügte sie hinzu: »Die Nacht mit Rafe muß eine traumatische Erfahrung für dich gewesen sein.«

»Das war sie, wirklich, aber ich habe auch etwas daraus gelernt.«

»Nicht mehr zu schummeln?«

»Natürlich nicht!« entgegnete er entrüstet. »Ein Mann gibt seine Kunst nicht einer einzigen Fehleinschätzung wegen auf! Nein, ich habe beschlossen, nie wieder Flaschen mit Rafe Delaney zu kreuzen.« Er setzte seine Tasse ab und stand auf. »Und ich glaube, ich befolge deinen Rat und päppele mein verwundetes Ego mit einem Schläfchen auf. York braucht mich nicht; er ist heute lange beschäftigt. Er wird heute abend im ›Soiled

Dove‹ erwartet. Melanies Versicherungsagent kommt wegen der gestern entstandenen Schäden im Lokal.« Er zog eine Braue hoch. »Kann ich mich wirklich darauf verlassen, daß du nicht schon wieder die Flucht ergreifen wirst?«

»Du kannst mir vertrauen. Ich laufe nicht mehr fort, Deuce. Es wird Zeit, daß ich mich mit der Situation auseinandersetze und mich mit ihr abfinde.«

Deuce pfiff leise. »Dann scheint York sich mehr eingehandelt zu haben, als er beabsichtigte.« Deuce zögerte. »Geh nicht zu hart mit ihm ins Gericht, Sierra. Er tut nur, was er für das beste hält. Und er neigt eben dazu, zu übertreiben, wenn er jemanden gern hat.«

Das wußte Sierra. York liebte Deuce und seine Brüder mit einer Hingabe, um die sie ihn allmählich zu beneiden begann. Es verriet sich in jeder Geste, in jedem Wort von ihm, wenn er mit seinen Brüdern zusammen war. Der Gedanke, daß York ihr nie die gleiche Zuneigung entgegenbringen würde, versetzte Sierra einen Stich. Na schön, dann würde sie eben nehmen, was sie kriegen konnte. Schon vor langer Zeit hatte sie gelernt, daß Träume sich nur selten verwirklichten für Menschen wie sie.

»Du hast sicher recht, Deuce«, sagte sie freundlich. »Ich weiß, daß er dich sehr gern hat.«

Deuce nickte. »Ich gehöre zu den wenigen Auserwählten. York läßt nicht viele Menschen an sich heran. Rafe und Burke wurden in den magischen Kreis hineingeboren, und ich stolperte hinein – bedingt durch Umstände und blindes Glück.«

»Blindes Glück?«

»Es ist ein Wortspiel«, erklärte er mit bitterem Lächeln. »York erschien im gleichen Augenblick auf der Szene, in dem ein bösartiger Schuft mir mit einem Stilett das linke Auge ausgestochen hatte. Er versuchte gerade, es mit meinem rechten auch zu tun, als York dazwischentrat und ihn davon abhielt – mit Gewalt und unglaublicher Geschicklichkeit.«

»Guter Gott!« Sierra starrte Deuce entsetzt an.

»Ich muß zugeben, daß ich in jenem Augenblick stark an Gottes Güte zweifelte.« Deuce berührte seine schwarze Augenbinde. »Ich bin kein Mann, der für kleine Gnaden dankbar ist. Ich wollte beide Augen behalten.« Er schüttelte den Kopf. »Ich habe mich monatelang wie ein Schuft benommen. Nicht viele Leute hätten das ertragen. Aber York hatte eine Engelsgeduld mit mir. Er brachte mich zu einem Arzt und blieb an meiner Seite, während ich wütete und tobte.« Seine Stimme senkte sich zu einem Flüstern. »Und ich weinte. Dabei waren wir vor jenem Abend in der Bar nicht einmal befreundet.«

Sierras Kehle war so eng, daß sie fast nicht schlucken konnte. »Und seitdem seid ihr zusammen?«

Deuce nickte. »York will es nicht zugeben, aber ich glaube, er ist nur in die Staaten zurückgekehrt, weil er verhindern wollte, daß ich in einer ähnlichen Situation auch noch das andere Auge verlor.« Deuce lächelte schwach. »Hier in Hell's Bluff kontrolliert er die Lage besser. York ist ein Mann, der immer gleich das Steuer übernimmt. Es gehört zu seinem Charakter.« Ein bittender Ton klang plötzlich in Deuces Stimme mit. »Laß ihn für eine Weile das Steuer übernehmen, Sierra! Du wirst es nicht bereuen. Ich habe es nie bedauert.«

»Keine Angst, Deuce, ich werde York keine Schwierigkeiten mehr machen. Ich glaube, ich habe eine Lösung gefunden, die alles klären wird.« Sie lächelte schwach.

»Allerdings erfordert sie ein bißchen Anpassung seinerseits.«

»Anpassung?« fragte Deuce mißtrauisch. »York ist es nicht gewöhnt, sich anzupassen.«

»Sein Pech.« Sierra ging zur Spüle, um ihre Tasse abzuwaschen.

»Sierra, ich glaube nicht . . .« Deuce brach ab. Sie spürte seinen Blick auf ihrem Rücken, drehte sich jedoch nicht um. Als er weitersprach, klang seine Stimme resigniert. »Man sollte meinen, ich hätte inzwischen gelernt, mich nicht einzumischen. Eine Zuschauerrolle ist mir viel lieber. Ich rufe York an und sage ihm, daß du dich weder umbringen wirst noch am Rande eines Nervenzusammenbruchs stehst. Und dann überlasse ich es ihm, herauszufinden, was ihn erwartet.«

Sierra hörte Deuce hinausgehen. Ihre Hände zitterten ein wenig, als sie die Tasse zum Trocknen abstellte. Die erste Euphorie über ihre Entscheidung war verflogen, und das merkwürdige Flattern in ihrem Magen wurde von Minute zu Minute stärker. Das durfte nicht sein. Sie mußte einen Schritt nach dem anderen machen und dabei nicht an den nächsten denken. Vor allem nicht an York oder den kommenden Abend . . .

Sie war fort!

Ihr Bett war gemacht, ihr Schlafzimmer dunkel und verlassen. York schaltete das Licht an, in der Hoffnung, eine Nachricht von Sierra zu finden. Sie war nicht im Wohnzimmer gewesen, und in der Küche und in der Bibliothek hatte York sie auch nicht gefunden. Wo mochte sie bloß sein?

Ich hätte heute abend nicht ins ›Dove‹ gehen sollen,

dachte er reumütig. Die Verhandlungen mit der Versicherung hatten sich über Stunden hingezogen. Wenn du ein bißchen mehr Vernunft besäßest, hättest du dir denken können, daß Sierra irgend etwas Impulsives tut, überlegte York betroffen. Sie mußte ausgesprochen unglücklich sein nach gestern nacht.

Aber Deuce hatte gesagt, sie sei ihm nicht übermäßig unruhig erschienen! Und York hatte sich auf Deuces Bericht verlassen, sonst wäre er nie zu Melanie gegangen und hätte auch keine nervenzermürbenden Verhandlungen über sich ergehen lassen.

York fand keine Nachricht. Aber das mußte nicht bedeuten, daß sie *nicht* fortgegangen war. Vielleicht war sie allein dort draußen und . . . Panik ergriff ihn, und er drehte sich um und lief hinaus. Wo, zum Teufel, steckte Deuce? Die Stille im Haus war entnervend und erinnerte ihn überdeutlich an den Abend zuvor, als er nach Hause gekommen war und Sierra nicht gefunden hatte. Der einzige Unterschied war, daß Deuce diesmal keine Nachricht für ihn hinterlassen hatte, was hieß, daß wenigstens er noch im Haus sein mußte.

York klopfte laut und ungeduldig an Deuces Zimmertür. »Mach auf, Deuce! Wo, zum Teufel, ist sie hin? Du sagtest . . .«

»Deuce ist nicht zu Hause.«

Sierras Stimme! Die Erleichterung machte York für einen Moment ganz schwach. »Wo hast du gesteckt?« fragte er und drehte sich schnell um. »Ich habe im ganzen Haus . . .« Er brach verwirrt ab. Sierra stand in der geöffneten Tür *seines* Zimmers. »Ist etwas passiert? Wartest du auf mich?«

»Ja, ich warte auf dich.« Sie ging rückwärts in den

Raum zurück, ohne ihren ernsten Blick von York zu lösen. »Komm herein.«

»Danke«, sagte er ironisch, während er langsam auf sie zuging. »Sehr freundlich von dir. Konntest du nicht unten auf mich warten? Aber warum erwarte ich so etwas von dir? Du tust ja leider nie, was man von dir erwartet.«

»Ich dachte, es wäre passender hier.« Du lieber Himmel, dachte sie, das wird noch schwieriger, als ich dachte! »Ich möchte dich nicht belästigen, aber . . .«

»Verdammt, du belästigst mich nicht!« fiel York ihr irritiert ins Wort. »So habe ich es nicht gemeint, und ich wollte auch nicht sarkastisch werden. Du hast mich nur erschreckt, und da habe ich impulsiv zurückgeschlagen.«

Er blieb ein paar Schritte von ihr entfernt stehen. »Warum gehen wir jetzt nicht nach unten und machen uns eine Tasse Kaffee? Wir müssen reden, Sierra, und uns einigen, ich glaube nicht, daß du die Erfahrung von gestern abend wiederholen willst. Oder ich«, fügte er mit schiefem Grinsen hinzu. »Ich bin nicht sicher, ob wir es überleben werden.«

»Ich auch nicht«, flüsterte Sierra. »Ich könnte so etwas nicht noch einmal durchmachen. Oh – nicht das, was im ›Dove‹ passiert ist. Das war schlimm genug, aber als mir bewußt wurde, welchen Ärger ich dir bereitet hatte . . .« Sie schüttelte den Kopf. »Es muß aufhören, York. Wir sind an einem toten Punkt angelangt. Du willst mich nicht gehenlassen, und ich kann nicht bleiben, ohne etwas geben zu können.« Sie ging langsam auf ihn zu. Ihr Gesicht war blaß, ihre Augen ernst. »Mach die Tür zu.«

York starrte sie an. »Was?«

Sierra schloß die Tür selbst und drehte den Schlüssel

um. »Es muß aufhören«, wiederholte sie. »Laß uns zusammen ins Bett gehen, York.«

York rührte sich nicht. Eine spannungsgeladene Stille breitete sich im Zimmer aus. Dann fluchte er verhalten. »Das ist verrückt. Falls du es nicht bemerkt haben solltest, versuche ich gerade das zu vermeiden wie die Pest«, erklärte er grob. »Ich habe dir gesagt, wie idiotisch es wäre, eine sexuelle Beziehung einzugehen. Ich habe dir auch gesagt, du wärst zu . . . Was machst du da?«

»Ich ziehe mich aus.« Sierra knöpfte ihre Bluse auf. Ihre Hände zitterten so heftig, daß es eine Ewigkeit zu dauern schien. Sie war schon nervös genug, ohne sich auch noch um Knöpfe sorgen zu müssen. »Eigentlich wollte ich mich schon vorher ausziehen, bevor du kamst, aber ich wußte nicht, wie du darauf reagieren würdest.«

»Genau wie jetzt. Abwehrend.«

Sie schüttelte den Kopf. »Das hätte mich nicht gestört. Abwehr habe ich schon oft erlebt. Meistens reicht es, wenn man die Zähne zusammenbeißt und entschlossen weitermacht.« Endlich sprangen die verflixten Knöpfe auf, und sie streifte seufzend vor Erleichterung die Bluse ab. »Nur habe ich nicht viel Erfahrung auf diesem Gebiet und befürchtete daher, komisch statt verführerisch zu wirken.«

Sie schaute York nicht an, als sie den Verschluß ihres BHs öffnete. »Der perfekte Kompromiß wäre ein durchsichtiges Negligé gewesen, aber leider habe ich nur einen alten, verblichenen Pyjama. Darin wäre ich dir ganz sicher komisch vorgekommen.« Sie legte den BH so beiläufig wie möglich ab und ließ ihn auf einen Sessel fallen.

»Das glaube ich nicht«, sagte York leise. »Ich lache ja jetzt auch nicht.«

Sierra schaute auf. York starrte ihre nackten Brüste an. Unter der Intensität seines Blickes stockte ihr der Atem, und ihre Bauchmuskeln verkrampften sich. »Gut«, sagte sie in unsicherem Ton. »Denn ich könnte es nicht ernster meinen.« Sie schlüpfte aus ihren Schuhen und begann ihre Jeans aufzuknöpfen. »Ich könnte es ertragen, wenn du es amüsant fändest, aber es ist viel . . .«

»Hör auf, verdammt!« Yorks Stimme war heiser und vibrierte vor Spannung. »Das ist . . . Du willst es gar nicht, Sierra.«

»Woher willst du das wissen? Hast du mich schon einmal gefragt?« Sie streifte die Jeans ab und legte sie beiseite. »Du hast mir immer nur erzählt, wie verwundbar ich bin, wie verletzlich, und wie schrecklich du für mich wärst.« Ihre Hände gingen zu ihrem Bikinihöschen. »Du hast mir nie eine Wahl gelassen.«

»Würdest du bitte deine Sachen wieder anziehen?« Yorks Hände waren zu Fäusten geballt, und Sierra sah brennendes Verlangen in seinen Augen aufleuchten.

»Wie soll ich dich dann verführen?« Sie bemühte sich um einen ruhigen Ton. »Ich bin fest entschlossen, also finde dich ruhig damit ab.« Nach einem tiefen Atemzug hob sie den Kopf und lächelte York an. »Aber ich wäre dir dankbar, wenn du mir zeigen würdest, wie es gemacht wird.«

»Warum? Warum . . . tust du das, Sierra?« fragte York stockend, während er wie gebannt ihre Hände betrachtete, die zögernd auf dem Gummizug ihres Höschens ruhten.

Weil ich dich liebe. Die Worte lagen ihr auf der Zunge, aber sie brachte sie nicht über die Lippen. *Weil ich mir die Gelegenheit, dir zu gehören, nicht entgehen lassen will, selbst wenn es nur für ein paar Stunden oder ein paar Wochen ist.*

Sierra wußte, daß sie diese Worte nicht aussprechen konnte. Sie konnte überhaupt nichts sagen, was ihm ihre Verwundbarkeit verraten hätte, denn schließlich fühlte er sich auch so schon verantwortlich für sie. Sie durfte ihn nicht mit dem Wissen um eine Liebe belasten, die er vielleicht nicht erwidern konnte.

»Weil es die Lösung ist«, sagte sie statt dessen in ziemlich sachlichem Ton. »Du begehrst mich, das hast du selbst gesagt, und es macht dich unbehaglich und unglücklich, weil du glaubst, du könntest mich nicht haben.« Sie schüttelte den Kopf. »Es ist das gleiche Problem, das Deuces Ansicht nach deine Männer hier in Hell's Bluff haben. Mangel an Verfügbarkeit. Deshalb mache ich mich verfügbar.«

»Und bezahlst damit, was du mir schuldig zu sein glaubst.« Leiser Ärger erwachte in Yorks verlangendem Blick. »Es ist viel geschehen seit jenem Tag, an dem ich dir einen ähnlichen Vorschlag machte, Sierra. Du kannst deinen Unterhalt jetzt nicht mehr auf diese Art verdienen.«

»Nein?« Sie ging zärtlich lächelnd auf ihn zu. »Warum läßt du es mich nicht versuchen?«

»Ich denke nicht daran! Wenn du dich prostituieren willst, dann geh zu Melanie zurück.«

»Das kann ich nicht. Du und deine Brüder, ihr habt das Lokal gestern auseinandergenommen.« Sie trat noch näher. »Warum bist du so wütend? Ich bemühe mich doch nur, dir zu geben, was du haben willst.«

»Ich will nicht . . .« Er räusperte sich, um seine Stimme zu festigen. »Zieh dich an, Sierra. Bitte.«

Sie schüttelte den Kopf und streckte die Hände aus, um sein Hemd aufzuknöpfen. »Ich habe lange gebraucht für meine Entscheidung, aber jetzt ist sie unwiderruflich.«

»Hör auf damit.« Er hielt ihre Handgelenke fest. Ihre Haut war weich und warm, ihre Arme so schlank, daß er sie mit den Händen umspannen konnte. Gern hätte er liebkosend darübergestreichelt, bis zu ihren schmalen Schultern hinauf, um dann ihren Kopf zurückzubiegen wie an jenem Abend im Wohnzimmer . . .

Die Muskeln in seinem Magen spannten sich, und ein heftiges Ziehen in seinen Lenden löschte jeden vernünftigen Gedanken in ihm aus. Nichts schien mehr wichtig außer diesem Verlangen, das es zu befriedigen galt. Doch York wußte, daß bedeutendere Dinge zu bedenken waren – Sierra selbst und was das beste für sie war . . . »Laß mich vorbei«, sagte er. »Wenn du nicht gehst, gehe ich.«

»Dann folge ich dir«, versetzte sie entschieden. »Wir sind allein im Haus. Ich habe Deuce gebeten, heute abend in der Bergwerkskantine zu essen. Du entkommst mir nicht, wenn du hinausgehst.« Sie hatte inzwischen sein Hemd aufgeknöpft und betrachtete nun lächelnd seine muskulöse Brust, von weichem, dunklem Haar bedeckt, und die silberne, mit Türkisen besetzte Kette, die er um den Hals trug. Sie verlieh ihm ein leicht barbarisches Aussehen.

»Ich würde dir überallhin folgen«, flüsterte Sierra, bevor sie die Arme um seine Taille schlang und sich an seine Brust schmiegte. Der Kontakt mit seiner warmen Haut und dem feinen, weichen Haar an ihren Brustspitzen durchzuckte sie wie ein elektrischer Schlag. Sie stöhnte unwillkürlich, als ein wohliges Erschauern durch ihren Körper ging. »Solltest du nicht besser aufgeben?«

»Sierra.« Yorks Hände ruhten auf ihren nackten

Schultern. Ihr Haar roch nach frischen Frühlingsblumen, und er spürte ihre harten erigierten Brustspitzen an seiner Haut. Ein überwältigendes Verlangen erfaßte ihn. »Bitte . . .« Seine Kehle war wie ausgetrocknet und schmerzte, und er brachte kaum ein Wort heraus. »Hör auf damit. Viel halte ich nicht mehr aus.«

»Das ist der Sinn der Sache.« Ihre Lippen glitten streichelnd über seine Brust, um dann zärtlich an seinem Haar zu zupfen. »Widerstand muß geschwächt werden.« Unvermutet schloß sie die Augen und ließ sich an seine Brust sinken. »Laß mich nicht allein dabei, York. Es ist nicht einfach für mich.«

»So?« Eine so intensive Zärltichkeit erwachte bei diesen Worten in ihm, daß sein Widerstand zusammenbrach. Sie war so klein und zierlich, trotz ihrer ungeheueren Willensstärke . . .

Er berührte zart ihre Schultern. »Bist du sicher, daß du es willst? Ich kann dich nicht davon abbringen?«

»Ganz sicher.«

Er ließ seine Hände über ihren nackten Rücken und die hohle Stelle an ihrer Wirbelsäule gleiten. Ein heftiges Verlangen, Sierra zu beschützen und das leidenschaftliche Verlangen, sie zu besitzen, ergriffen ihn. »Dann bist du nicht mehr allein. Wir werden es zusammen tun, Sierra.«

Sie schmiegte sich noch fester an ihn. »Na, Gott sei Dank. Ich bin überzeugt, daß du ein besserer Verführer bist als ich.«

York spürte, wie seine Kehle eng wurde, und er schob Sierra sanft zurück. »Das bezweifle ich sehr. Ich habe mich in meinem ganzen Leben nie verführter gefühlt. Und ich hätte nie gedacht, daß du dich als Femme Fatale herausstellen würdest, Sierra Smith.« Der Blick, mit dem er sie betrachtete, war erfüllt von Zärtlichkeit. »Und daß du so schön sein würdest.«

Sierra errötete. »Und ich hätte nie geglaubt, daß ich so verlegen werden könnte. Mit vier Geschwistern und zwei Erwachsenen in einem Raum zu schlafen hätte mir meine Verlegenheit austreiben müssen.« Sie berührte ihr Bikinihöschen. »Soll ich es jetzt ausziehen?«

»Nein, laß es an. Es wirkt sehr aufreizend.« York streifte sein Hemd ab und warf es auf einen Sessel. »Dafür haben wir später noch genug Zeit. Eine Verführung sollte langsam und sinnlich sein.«

»Tatsächlich?« murmelte Sierra. Der Lampenschein fiel auf Yorks sonnengebräunte Haut und brach sich im Silber seiner Halskette. Seine schönen blauen Augen hatten sich verdunkelt, und Sierra hätte ewig so dastehen und ihn betrachten mögen.

Sie schaut mich mit der gleichen atemlosen Freude an wie in jener Nacht im Mondschein, dachte York verblüfft und verspürte plötzlich das gleiche Glück, das aus ihren Augen strahlte. Das Gefühl war so stark, daß er tief Luft holen mußte, bevor er antworten konnte.

»Ich bin nicht sicher«, sagte er, »ob eine langsame und sinnliche Verführung heute abend möglich ist. Geh und setz dich aufs Bett, Darling. Bleib aus meiner Nähe, während ich mich ausziehe.«

Er schaute ihr nach, wie sie quer durch den Raum zu dem großen Doppelbett ging. Trotz ihrer Zartheit und ihrer kleinen Statur besaß sie einen perfekt geformten Körper. Ihre helle Haut schimmerte wie Samt, und ihr dunkles Haar glänzte wie Ebenholz im sanften Schein der Lampe. Statt sich hinzusetzen, kniete sie sich auf das Bett und schaute York erwartungsvoll entgegen.

»Beeil dich«, forderte sie ihn auf. »Zieh dich aus. Ich

möchte dich ansehen. Du bist so . . .« Sie brach ab, als sie Yorks Stirnrunzeln sah. Dann lächelte sie mutwillig. »Tut mir leid. Aber weißt du, du bist es wirklich.«

York nickte ergeben, während er seine Gürtelschnalle öffnete. »Ein Pfau, nicht wahr? Was soll ich nur mit dir anfangen, Sierra?« Als sie etwas erwidern wollte, hob er die Hand. »Nein, sag nichts. Ich habe selbst ein paar gute Ideen zu dem Thema.« Nun wurde seine Stimme so leise, daß sie fast wie ein Streicheln war. »Ich kann es nicht erwarten, in dir zu sein. Ich habe jede Nacht wachgelegen und daran gedacht, wie warm und weich du sein würdest. Ich habe sogar davon geträumt. Dann bin ich schweißüberströmt aufgewacht, und der Schmerz in meinen Lenden war so stark, daß ich dachte, er bringt mich um.«

York war jetzt ausgezogen und kam langsam auf Sierra zu. »Ich kam mir vor wie in gequältes Tier. Und jetzt geht es mir nicht anders.« Er kniete sich aufs Bett und schaute Sierra an. »Aber ich will kein Tier sein, Darling. Hilf mir bitte, geduldig zu sein.«

»Ich will es versuchen.« Sierra war gar nicht sicher, ob es ihr selbst gelingen würde, Geduld aufzubringen. Er war ihr ganz nahe, und sie konnte den verlockenden Duft nach Seife und Moschus riechen, der ihn umgab, spürte die Hitze, die sein Körper ausstrahlte. Zaghaft streckte sie die Hand aus und berührte seinen flachen Bauch. York zuckte zusammen, und sie hob verwirrt den Kopf. »Habe ich dir weh getan?«

Er schüttelte den Kopf. »Mir tut alles weh, und dafür bist du verantwortlich, aber das war gerade pure Lust. Tu es noch einmal.«

Sie strich sanft über seine warme glatte Haut, und York

schloß die Augen. Sein Atem kam ganz flach, als hielte er unbewußt die Luft an.

Plötzlich griff er nach Sierras Hand und preßte sie an sich. »Beweg dich nicht. Es ist zuviel für mich. Ich möchte . . .« Als er die Augen öffnete, sah Sierra das verlangende Feuer, das in ihren blauen Tiefen loderte. Seine Nasenflügel bebten leicht, und er biß die Zähne zusammen. »Ich kann nicht warten«, murmelte er gepreßt und drückte Sierra aufs Bett zurück. »Ich wollte es ganz langsam machen und . . .«

»Psst!« Sie legte ihm einen Finger auf die Lippen. »Es ist schon gut. Komm einfach zu mir.«

York barg sein Gesicht an ihrem Hals. »Es ist nicht gut«, widersprach er heiser, während er eine Hand suchend von ihrem Hals zu ihren Schenkeln gleiten ließ. »Ich wollte es viel länger hinauszögern . . .« Er küßte sie hart und verlangend auf die Lippen. »Später. Das verspreche ich dir, Sierra.«

Mit bebenden Händen entfernte er das letzte Kleidungsstück, das sie noch trennte. Während seine Hand sich sanft zwischen ihre Schenkel schob, küßte er Sierras Gesicht, ihren Hals und ihre Augen. Sierra hielt den Atem an, als sie seine Finger an ihrer intimsten Stelle spürte.

»Du bist bereit für mich.« Er lachte glücklich. »Mann, bin ich froh! Das hätte ich nicht erwartet.«

Sierra war schon immer bereit für York gewesen, vom Augenblick an, in dem er in ihr Leben getreten war. Bereit für seinen Körper, seine Seele und alles andere, was York Delaney zu dem Mann machte, der er war. »Ich werde stets bereit für dich sein«, versprach sie leise. »Immer.«

Er streichelte sie zärtlich. Sie stöhnte unterdrückt auf

und drängte sich gegen seine Hand. Das Verlangen, die Lust, der Hunger, die sie erfüllten, wurden unerträglich . . .

York spielte mit ihren Sinnen, bis sie das Gefühl hatte, vor Lust zu vergehen. »Du bist so schön, so weich.« Sie spürte ein leises Drängen an ihrer empfindsamsten Stelle, war jedoch so fasziniert von den Gefühlen, die Yorks streichelnde Hände in ihr auslösten, daß sie kaum darauf achtete. Er beugte sich vor und küßte sie zärtlich auf den Mund.

Die Außenwelt schien ausgelöscht, eine Welle von Süße und träger Hitze hüllte Sierra und York ein. Seine Zunge erforschte die warme Höhlung ihres Mundes und vereinte sich mit ihrer in einem aufregenden Tanz, und Sierra empfand ein wildes, unbändiges Verlangen nach ihm und ein entsetzliches Gefühl der Leere, als ob irgend etwas fehlte. Wie war das möglich, wenn er sie so liebevoll streichelte? Aber es fehlte etwas . . .

Dann, ganz unerwartet und unvermutet, hatte sie es. Der scharfe Schmerz, der sie durchzuckte, erschreckte sie. Sie schnappte nach Luft und stieß einen leisen Schrei aus.

York erstarrte. »Sierra . . . es tut mir leid.«

»Mir nicht.« Der Schmerz war fort, und sie spürte nur noch verwirrend intensive Nähe. Das Gefühl der Leere war verschwunden. Sierra bäumte sich auf, und York stöhnte laut. Er warf den Kopf zurück und krümmte den Rücken, als würde er gefoltert. »Liebe mich, York.«

Er schaute auf sie herab, und Sierra sah den inneren Aufruhr, der in ihm tobte. »Sierra, ich kann mich nicht länger beherrschen. Es ist zuviel für mich. Aber ich will dir nicht weh tun.«

»Das wirst du auch nicht.« Er war es, der Höllenqualen

litt, nicht sie. Sie merkte es an der Spannung, die seinen Körper beherrschte und seine Muskeln zusammenzog. Warum gab er seinem Verlangen nicht nach? Und dann zog er sich ganz unvermutet aus ihr zurück!

»Nein!« Sierra umklammerte seine Hüften, schlang ihm die Beine um die Taille und hielt ihn entschlossen fest. »Nein, York, tu das nicht . . .«

»Sierra.« Er atmete so mühsam, als sei er dem Ersticken nahe. »Du hast ja keine Ahnung. Ich würde dir nur wieder weh tun.«

»Das ist mein Problem!« erklärte sie entschieden und begann langsam und verführerisch ihre Hüften zu bewegen. »Nicht deins. *Komm,* York.«

»Sierra!« Nun war es um seine Beherrschung geschehen. Mit einer ungestümen Bewegung drang er von neuem in sie ein und begann sich zu bewegen. Mit seinem Körper fachte er das Feuer an, das in beiden brannte, und Sierra verlor sich darin – während ihr gleichzeitig zu Bewußtsein kam, daß sie endlich nach Hause gefunden hatte. Wie ist das möglich? fragte sie sich flüchtig. Aber nichts war unmöglich, während diese wundervollen Gefühle existierten, die sie wieder und wieder vor Lust erschauern ließen, bis sie glaubte, den Verstand zu verlieren.

Mitten in dem Sturm, der in ihr tobte, spürte sie Yorks Zurückhaltung und war entschlossen, es nicht zu erlauben. Sie war entzückt und verwirrt über die Macht, die sie plötzlich über ihn besaß, und es erregte sie maßlos, zu spüren, wie er auf jede ihrer Berührungen reagierte. Sie wußte nun, daß sie ihn alles vergessen lassen konnte, alles außer der überwältigenden Lust, die sie ihm verschaffte.

Aber diese Gedanken waren ausgelöscht, als die

Spannung in ihr immer größer wurde und sie sich unbekannten Gipfeln zu nähern begann. Sie warf den Kopf zurück, krallte ihre Nägel in Yorks Schultern und bis sich auf die Lippen, um ihren Schrei zu ersticken. »York . . .«

»Ich weiß.« Seine Stimme war rauh vor Leidenschaft. Er preßte sie an sich, zog sie bei jeder Bewegung mit und suchte noch mehr Nähe, eine noch innigere Vereinigung. »Bald, Liebling, bald«, keuchte er.

Dann war es nicht mehr bald, sondern *jetzt*. Hier. Eine heiße Flamme durchzuckte Sierra, gefolgt von einer Ekstase, wie sie nicht einmal in ihren kühnsten Träumen möglich gewesen wäre. Sie fühlte sich York so nahe, so verbunden wie nie zuvor und empfand plötzlich ein überwältigendes Gefühl des Friedens.

Yorks Körper lag schwer auf ihrem, bebend im Nachlassen des emotionellen Sturms, der ihn durchtobte. Auch Sierra zitterte und wollte sich nicht damit abfinden, daß es schon vorbei sein sollte. Wie konnte etwas so Mächtiges, so intensives in einem einzigen wundervollen Ausbruch von Ekstase sein Ende finden? Doch dann spürte sie eine Bewegung in sich und wußte, daß es noch nicht vorbei war. »York?«

Er richtete sich halb auf, stützte sich auf beide Ellbogen. Sein Blick war verhangen vor Leidenschaft und leicht verwundert. »Das ist mir noch nie passiert.« Er lachte leise. »Ich begehre dich schon wieder, und dabei habe ich dich noch nicht einmal verlassen.«

Sierra lächelte ihn an. »Was ist daran so schlimm? Dann lieben wir uns eben noch einmal. Ich fange ohnehin gerade an, mich daran zu gewöhnen.«

Etwas flackerte in seinen Augen auf, und sein Mund

verzog sich zu einem nachsichtigen Lächeln. »O nein. Für heute hast du deine Verführungskünste ausreichend bewiesen. Ich glaube, es ist Zeit für einen Wechsel. Du bist zu großzügig, Sierra.«

Eine dunkle Locke war ihm in die Stirn gefallen, und Sierra verspürte den Impuls, sie liebevoll zurückzustreichen. Und warum auch nicht? Warum sollte sie nicht wenigstens für eine kleine Weile so tun, als gehöre er ihr? »Deuce sagte, du wärst ein Mann, der gern das Steuer führt.«

»Wenn man mich läßt«, entgegnete York trocken. »Bei euch beiden ist es leider nicht immer möglich. Aber diesmal bestehe ich darauf. Jetzt habe ich Zeit.« Er bewegte sich behutsam in ihr. »Ich hoffe es zumindest.« Er beugte sich vor und küßte Sierra. »Aber ich möchte noch eine Weile so liegenbleiben, wenn es dir recht ist. Es ist verdammt schön.«

»Es stört mich nicht.« Im Gegenteil, sie genoß es sehr. Es war vielleicht sogar noch besser als ihre erste, etwas ungestüme Vereinigung. Sierra fühlte sich mehr als je zuvor mit ihm verbunden.

York zog sich leicht zurück. »Du bist so zierlich, so zart. Tue ich dir auch bestimmt nicht weh?« Seine Hand glitt streichelnd über ihren flachen Bauch.

»Nein, du tust mir nicht weh. Es ist mir angenehm.« Gott, wie sie ihn liebte! Sie liebte seine Rücksichtnahme, seine Zärtlichkeit und die Art, wie er sie betrachtete – als wäre sie etwas ganz Besonderes. Es war fast, wie unter dem roten Baldachin ihrer Kindheitsträume zu liegen. Solange er sie so in den Armen hielt, existierte der Traum weiter.

York schaute lächelnd auf sie herab. »Hey, komm zurück zu mir! Woran hast du gedacht?«

Sie seufzte zufrieden. »An ein Bett mit einem roten Baldachin. Du erinnerst mich an ein solches Bett.«

Yorks Lächeln verwandelte sich in ein Grinsen. »Das ist etwas Neues. Du meinst, ich habe dich endlich davon abgebracht, mich mit einem Pfau zu vergleichen? Halleluja, kann ich nur sagen.«

»Im Augenblick. Warum kannst du nicht beides sein?«

»Eine andere Wahl läßt du mir sicher nicht.« Er küßte sie von neuem zärtlich. »Ich verlasse dich jetzt, Liebling. Vielen Dank für deine Gastfreundschaft.« Er zog sich zurück, und augenblicklich fühlte sie sich wieder leer und allein.

Dann zog York die Bettdecke hinauf und Sierra in seine Arme. Sie schmiegte sich an ihn und legte ihre Wange an seine muskulöse Brust. »Du bist mir immer willkommen«, sagte sie leise und fügte in Gedanken hinzu: *Für den Rest meines Lebens, York. Wann immer du willst. Und wo du willst.*

»Ich wünschte, du würdest es nicht sagen. Es fällt mir schwer genug, Geduld zu üben.« Seine Lippen glitten streichelnd über die zarte Haut an ihrer Schläfe. Dann wurde er plötzlich ernst. »Es ist kein Allheilmittel, weißt du. Wir werden über diese unerwartete Initiative deinerseits noch reden müssen.«

»Für ein Allheilmittel habe ich es nie gehalten, aber es hat geholfen, oder?« sagte sie und schlang einen Arm um Yorks Taille. »Du bist jetzt glücklicher, und ich bin es auch.« Sie hob den Kopf und schaute ihn ein bißchen verunsichert an. »Du bist doch glücklicher, oder?«

York schwieg eine Zeitlang, dann zog er ihren Kopf auf seine Schulter zurück. »Ja«, gab er widerstrebend zu. »Ich weiß nicht, wie es sein wird, wenn ich wieder denken kann, aber im Augenblick bin ich irrsinnig glücklich.«

»Dann werden wir für alles andere auch eine Lösung finden.«

Sie rieb ihre Wange liebevoll an seiner. Er sollte jetzt nicht an später denken. Im Moment gehörte er ihr. Es kann nicht von Dauer sein, ermahnte Sierra sich, aber die Gegenwart war jeden Preis wert, den sie in naher Zukunft vielleicht dafür zu zahlen hatte.

Etwas Kühles berührte ihre Wange – Yorks Silberkette. Sierra ließ ihre Fingerspitzen über die Türkise gleiten, mit denen die Kette besetzt war. Sie waren warm von seiner Körperwärme und fühlten sich beinahe lebendig an.

»Die Kette gefällt mir«, bemerkte Sierra leise. »Sie sieht stark und haltbar aus, obwohl es eine exquisite Arbeit ist. Ich war überrascht, als ich die Kette an dir sah«, fügte sie lachend hinzu. »Wenn man bedenkt, wie sehr es dich stört, mit einem Pfau verglichen zu werden, liegt der Schluß nahe, daß du Schmuck haßt.«

»Das ist richtig. Ich trage die Kette nur schon so lange, daß ich mich an sie gewöhnt habe. Meine Mutter legte sie mir eines Nachts um, als ich sechs Jahre alt und im Krankenhaus war. Ich glaube, sie war überzeugt, daß es mir danach besser ging. Die Kette hatte Rising Star gehört und war angeblich vom Medizinmann ihres Stammes gesegnet worden. Ich vermute, daß meine Mutter alles versucht hätte, um mir zu helfen. Sie wußte, wie verängstigt ich war. Ich hatte nämlich gerade erfahren, daß ich sterben würde.«

Sierra hob verblüfft den Kopf. »Was?«

»Ich war mein ganzes Leben lang krank gewesen. Ich durfte nicht laufen und rennen wie Burke und Rafe, weil es mich zu sehr ermüdet hätte. Und reiten durfte ich nur ein ganz sanftes Pferd.« Ein bitteres Lächeln spielte um seinen Mund. »Mein ganzes Leben bestand aus Verboten. Ich habe nie verstanden, warum, bis ich mit sechs ins Krankenhaus kam und erfuhr, daß ich einen Herzfehler hatte, an dem ich sterben würde, bevor ich das Teenageralter erreichte.«

Sierras Augen wurden weit vor Entsetzen. »Das haben sie dir *gesagt*?«

York schüttelte den Kopf. »Nein, ich hörte die Krankenschwestern miteinander flüstern. Meine Mutter war außer sich vor Zorn, aber sie belog mich nicht, als ich sie fragte. Sie wußte, daß ich es irgendwann herausfinden würde. Sie sagte mir, sie und mein Vater täten alles Menschenmögliche, und ich müsse ihnen dabei helfen. Am Abend darauf brachte sie die Kette mit und legte sie mir um.«

Wie schrecklich es für Mutter und Sohn gewesen sein muß! dachte Sierra mitleidig. Der kleine Junge verängstigt und hilflos angesichts einer Krankheit, die er nicht begreifen konnte. Die Mutter ebenfalls verängstigt und unfähig, ihren Sohn wenigstens mit Nichtwissen zu schützen.

»Es scheint gewirkt zu haben«, sagte Sierra, um eine feste Stimme bemüht. »Jetzt scheinst du gesund wie ein Pferd zu sein. Hast du deine Heilung irgendeiner neuen medizinischen Erkenntnis zu verdanken?«

»Nein, ich bin der Krankheit einfach entwachsen. Als ich mit zwölf zu weiteren Untersuchungen in die Klinik zurückkehrte, stellten sie fest, daß mein Herz völlig normal war.« Er schüttelte den Kopf. »Sie nannten es eine unbegreifliche, wundersame Heilung.«

Ein Wunder dachte Sierra. York wäre jetzt nicht bei ihr, wenn das Wunder nicht geschehen wäre. Sie hätte ihn nie kennengelernt, ihn nie geliebt. Sie konnte sich eine Welt ohne York nicht vorstellen, und allein der Gedanke ließ sie schaudern. Sie legte den Kopf auf seine Brust und lauschte auf seinen Herzschlag. Er war beunruhigend gleichmäßig und fest, und Sierra empfand eine Welle der Erleichterung. Er war gesund. Wie albern von ihr, eine Krankheit zu fürchten, die seit über zwanzig Jahren ausgeheilt war!

»Deine Eltern müssen wahnsinnig gewesen sein«, bemerkte sie nachdenklich. »Und du fühltest dich sicher wie neugeboren.«

York grub seine Finger in ihr glattes Haar. »Ich wollte es zuerst nicht glauben. Es fiel mir schwer, einzusehen, daß ich eine Zukunft besaß. Als ich es dann endlich doch akzeptierte, wurde ich wild.« Er lachte trocken. »Mehr als wild. Ich glaube, meine Eltern hatten es leichter, als sie sich nur um mein schwaches Herz zu sorgen brauchten. Es gelang mir einfach nicht, mich damit abzufinden, daß ich ein Teil von Killara war – wie Rafe und Burke.«

»Das war sicher eine ganz natürliche Reaktion. Sie konnten schließlich nicht erwarten, daß eine solche Erfahrung keine Narben hinterläßt.« Sierra wußte nicht, wie er sie überhaupt überlebt hatte. Seine Kindheit mußte ein einziger Alptraum gewesen sein. »Aber ich bin sicher, es hat sie nicht gestört.«

»Nun, sagen wir lieber, sie waren sehr verständnisvoll. Rafe und Burke übrigens auch. Ich hatte verdammtes Glück, sie zu haben.«

Und ich habe verdammtes Glück, *York* zu haben, dachte Sierra, und die Welle der Zuneigung und Dankbarkeit, die sie überschwemmte, war so stark, daß sie für einen Moment nichts sagen konnte. Er *lebte*. Ihre

Kehle war wie zugeschnürt, als sie den Kopf hob und York ansah. »Ich freue mich, daß du geblieben bist, bis ich kam«, sagte sie bemüht heiter. »Du weißt ja, wie wichtig es für mich ist, jeden Tag etwas dazuzulernen. Du hast heute abend einen beachtlichen Teil zu meiner Ausbildung beigetragen.«

York legte zärtlich seine Hände um ihr Gesicht und schaute sie ernst an. »Nicht halb soviel wie du zu meiner, Sierra. Ich hoffe nur, daß du es nicht bereust.« Ein mutwilliges Lächeln erschien um seine Lippen. »Du sagst, du hättst dir vorgenommen, jeden Tag *etwas* dazuzulernen.« Er rollte sie lachend auf den Rücken. »Du wärst überrascht, was für ein guter Lehrer ich bin. Warum sollte ich dir nicht gleich *mehrere* Dinge auf einmal beibringen?«

Sein dunkler Kopf neigte sich langsam zu ihr herab, und Sierra spürte die Spannung, die von neuem seinen Körper ergriff. Ein warmes Sehnen erwachte in ihr, und sie schlang York die Arme um den Hals und zog ihn zu sich herunter. »Ja, warum eigentlich nicht?« murmelte sie lächelnd.

8

Die frühe Morgensonne ließ Yorks dunkles Haar wie poliertes Holz schimmern und hob sein perfektes Profil auf dem weißen Kissen hervor. Wie schön, dachte Sierra. Und wenn sie hundert Jahre leben sollte – nie würde sie sich einen schöneren Anblick vorstellen können als York, entspannt und schlafend nach einer leidenschaftlichen Liebesnacht.

Es war eine *Liebes*nacht, sagte Sierra sich glücklich. Nicht nur ihrerseits, sondern auch auf seiner Seite. Zuviel Zärtlichkeit, zuviel Gefühl hatte jeder Liebkosung, jedem Wort angehaftet, um pure Lust gewesen zu sein. Und doch hatte York im Laufe der Nacht nicht ein einziges Mal zugegeben, mehr als Verlangen zu empfinden. Es war Sierra bewußt gewesen, daß es ein Glücksspiel war, ihn zu verführen, aber sie hatte auch geglaubt, es sei das Risiko wert.

Jetzt, als sie mit einer Zuneigung auf York hinunterschaute, die stärker war als alles, was sie je zuvor empfunden hatte, war sie sich dessen nicht mehr so sicher. Die Leidenschaft hatte ein zweischneidiges Schwert aus ihrer Liebe zu ihm gemacht. Und selbst wenn er diese Liebe erwiderte, hieß das noch lange nicht, daß er sie Sierra eingestehen und sie bitten würde, bei ihm zu bleiben. Er war ein komplizierter Mann, und viele Aspekte seines Charakters waren ihr noch ein Rätsel . . .

Sierra atmete tief auf, um die Spannung zu lindern, die sie beherrschte. Die Würfel waren gefallen, und jetzt konnte sie nur abwarten, bis York aufwachte, um zu sehen, welche Zahl gefallen war. Sie drehte sich um und wandte sich zur Tür.

Sie schloß sie leise hinter sich und begann die Treppe hinunterzugehen. Sie wollte nicht im Bett sein, wenn York erwachte. In diesem ersten Augenblick würde es keine Schranken geben, und was war, wenn sie nur Reue in seinen Augen sah? Nein, es war besser, abzuwarten und ein paar Barrieren zu errichten, bevor sie sich mit dieser Möglichkeit auseinandersetzte.

Rising Stars Augen schienen Mitgefühl und Verständnis auszudrücken, als Sierra vor ihrem Porträt stehenblieb. »Ich habe es getan«, flüsterte sie dem Bild zu. »Die Delaneymänner sind nicht einfach, was? Wünsch mir Glück.« Keine Antwort. Was hatte sie auch erwartet? Dennoch war Sierra etwas ruhiger, als sie weiterging.

Deuce stand in der Küche vor der Anrichte und hielt die Kaffeekanne in der Hand. »Kaffee?« fragte er aufschauend, als Sierra hereinkam.

»Gern.« Sie holte zwei Tassen aus dem Schrank und stellte sie auf die Anrichte. »Du siehst viel besser aus als gestern. Ist der Kater überwunden?«

»Es war nicht der Kater, es war der Schlag, den mein Selbstbewußtsein erlitten hatte.« Deuce schenkte Kaffee ein. »Aber nach einem Abend am Spieltisch mit einigen der Minenarbeiter geht es mir schon viel besser. Ich hatte einen sehr erfolgreichen Abend.« Er schaute Sierra an. »Und wie erfolgreich war deiner?«

Sierra spürte, wie sie errötete. Sie hatte geahnt, was Deuce dachte, als sie ihn am Abend zuvor bat, in der Kantine zu essen. »Ich weiß nicht. Wir werden sehen.«

»Das meinte ich nicht, als ich dir sagte, du solltest York das Steuer übernehmen lassen.« Deuce schnitt eine Grimasse. »Es ist ein sehr riskantes Spiel, das du treibst, Sierra.«

Sie senkte den Kopf. »Er hat mich gern. Ich weiß es.«

»York würde nie eine Liebe akzeptieren, die ihn festbinden könnte«, erklärte Deuce. Seine Stimme klang ganz warm vor Mitgefühl. »Er liebt Killara, und seine Brüder auch, aber nicht einmal sie werden ihn ewig halten können. Es ist möglich, daß du auf einen Verlierer gesetzt hast.«

»Ich hoffe es nicht.« Sierra hob ihre Tasse an die Lippen, noch immer, ohne Deuce anzusehen. Jedes einzelne seiner Worte hatte ihr einen schmerzhaften Stich versetzt. »Ich mußte es versuchen, Deuce. Mir blieb nichts anderes übrig.«

Er seufzte. »Manchmal geht es eben nicht anders, Liebes.«

»Ist genug Kaffee für mich da?« fragte York, der unvermutet in der Tür erschienen war.

Seine Stimme traf Sierra wie ein Schock. Er mußte gleich nach ihrem Hinausgehen erwacht sein. Sie drehte sich zu ihm um und sah, daß er an der Tür stehengeblieben war und nicht sie anschaute, sondern Deuce. Ihr Herz wurde schwer. Die Würfel waren gefallen, aber leider nicht zu ihren Gunsten . . .

»Reichlich«, antwortete Deuce. »Nimm noch eine Tasse für ihn, Sierra.«

»Ich hole sie schon.« York schlenderte durch den Raum und vermied es, Sierra anzusehen. Aber auch sie wich ihm aus. Sie fürchtete sich vor dem Bedauern und der Verlegenheit, die sie in seinen Augen sehen würde. Als er seine Tasse füllte, stand er ganz dicht neben ihr. Sie fühlte die Wärme seines Körpers und sah, wie angespannt er war. »Wie geht's, Deuce?« fragte York.

»Schwüle Luft, würde ich sagen«, entgegnete Deuce trocken und stellte seine Tasse auf die Anrichte. »Mir fällt plötzlich ein, daß ich etwas zu erledigen habe. Wir sehen uns später.«

»Nein, Deuce, das ist nicht . . .« begann Sierra, dann brach sie ab. Es war sinnlos, Deuce als Schutzwall gegen die bevorstehende Konfrontation zu benutzen. Es wäre nichts als eine feige Verzögerung gewesen.

Deuce blieb an der Tür stehen und drehte sich zu ihr um. »Eine sehr riskante Partie, Sierra«, sagte er bedeutungsvoll. Dann ging sein Blick zu York. »Oh, fast hätte ich vergessen, es dir zu sagen: Rafe hat heute morgen angerufen.«

»Soll ich zurückrufen?«

»Nein, er bat mich nur, dir etwas auszurichten. Er sagte, er hätte sich Gedanken über dein Problem gemacht und eine Lösung gefunden. Er schickt sie mit dem Hubschrauber.« Deuce schaute auf die Uhr. »Heute morgen um zehn – in einer halben Stunde. Soll ich hinfahren und sie abholen?«

York schüttelte den Kopf. »Das mache ich selbst. Geh lieber ins Büro und schau nach, ob dort irgend etwas Wichtiges für mich zu erledigen ist.«

»Gut.«

Sobald die Haustür hinter Deuce zugefallen war, drehte York sich zu Sierra um. »Wir müssen reden.«

»Warum?« fragte sie bitter. »Ich bin nicht dumm. Ich weiß, was du mir sagen willst.«

»So?« Endlich schaute er sie an, und sie war betroffen über den emotionellen Aufruhr, den sein Blick verriet. »Ich will es nicht sagen. Siehst du das nicht? Ich will dich nur auf die Arme nehmen und nach oben zurücktragen. Ich möchte die Tür verriegeln und dich die ganze nächste Woche im Bett behalten.«

»Aber das wirst du nicht tun, oder?« fragte Sierra leise. »Du wirst mir sagen, ich soll fortgehen.«

»Das kann ich auch nicht. Ich würde wahnsinnig werden vor Sorge, was dir geschehen könnte.« Er schüttelte den Kopf. »Ich weiß nicht«, sagte er müde. »Vielleicht bin ich derjenige, der machen sollte, daß er fortkommt. Ich könnte Deuce bei dir lassen, damit er auf dich aufpaßt.«

»Nein!« Sierra stellte beinahe zornig ihre Tasse ab. »Es ist dein Zuhause, York. Ich will dich nicht daraus vertreiben. Ich werde selbst . . .«

»Verdammt, Sierra, merkst du nicht, daß die Lage sich geändert hat? Wie soll ich dich nach gestern nacht verlassen?« Seine blauen Augen verdunkelten sich. »Ich war verrückt. Ich dachte an nichts anderes, als mit dir zu schlafen. Ich habe dich nicht *geschützt*. Du könntest schwanger von mir sein.«

Sierras Augen wurden groß vor Überraschung. »Das stimmt, ich könnte wirklich schwanger sein.« Daran hatte sie nicht gedacht. Schwindelerregende Freude erwachte in ihr. York konnte sie vielleicht nicht haben, aber es bestand die Möglichkeit, daß sie sein Kind unter dem Herzen trug! »Ich habe mir schon immer ein Baby gewünscht.«

»Sierra . . .« Yorks Augen leuchteten vor Zärtlichkeit. »Was soll ich bloß mit dir machen? Meinst du, das wäre die normale Reaktion einer Frau, die vielleicht ein uneheliches Kind erwartet?«

»Ist es das nicht?« Sie lächelte unsicher. »Aber so ist es bei mir, York. Hab keine Angst. Du trägst keine Verantwortung, und ich werde auch keine Vaterschaftsklage erheben. Was gestern nacht geschah, geht auf mein Konto, und wenn ein Baby kommt, wird es auch meine Verantwortung sein.«

»Das hast du dir gedacht!« entgegnete er grimmig. »Falls du es nicht vergessen hast – ich war sehr aktiv daran beteiligt. Es wird mein Kind sein. Hältst du mich wirklich für einen derart unverantwortlichen Schuft?« Er fuhr sich abwesend mit der Hand durchs Haar. »Was rede ich da? Vielleicht kommt ja gar kein Baby, aber wir müssen die Möglichkeit in Betracht ziehen. Eins steht fest: ich kann nicht hier bleiben, bis wir genau Bescheid wissen.«

York streckte die Hand aus und berührte Sierras Nacken. Sie erschauerte und lehnte sich unwillkürlich an ihn. »Ich brenne vor Verlangen nach dir. Am liebsten würde ich dich ausziehen und dich lieben, hier, mitten in der Küche . . .« Ein Beben lief durch seinen Körper, und er ließ seine Hände sinken. »Aber ich nutze dich nicht aus, Sierra. Wir müssen uns etwas anderes einfallen lassen.« Er wandte sich ab. »Denk darüber nach, während ich fort bin.«

»Du weißt, daß es nur eine Möglichkeit gibt, die Sache zu bereinigen«, sagte sie traurig. »Gestern nacht dachte ich, ich hätte die Lösung gefunden, aber ich hatte mich geirrt. Jetzt gibt es nur noch einen Ausweg.«

»Nein!« Sein Ton war so scharf wie der Blick, den er ihr über die Schulter zuwarf. »Du gehst nicht fort! Wir wissen ja nicht einmal, ob du kräftig genug für eine Schwangerschaft bist. Ich *kann* dich nicht fortlassen.« Seine Augen glitzerten unheilverkündend. »Und wehe, du versuchst fortzulaufen! Ich finde dich, egal, wo du dich versteckst.« Damit ging er hinaus, und ein paar Sekunden später hörte Sierra die Haustür zuschlagen.

Rafes ›Lösung‹ von Yorks Problemen saß auf dem Beifahrersitz des Jeeps, als York vom Hubschrauberlandeplatz zurückkam. Von ihrem Platz auf der Veranda aus sah Sierra kurz eine rothaarige Frau Anfang Fünfzig neben York, der mit verbissenem Gesichtsausdruck hinter dem Steuer hockte. Sierra mußte ihre Neugier beherrschen, bis York den Jeep geparkt hatte und mit der Frau aufs Haus zukam. Ihr rotes Haar umrahmte in einem dicken Flechtenkranz ihr rundes Gesicht, das ein strahlendes Lächeln und zwinkernde blaue Augen verschönten. Auch ihre Figur war etwas rundlich, und sie trug ein schlichtes blaues Kleid.

Sierra stand auf, als sie die Veranda hinaufkamen, und schaute York fragend an.

»Sierra, ich möchte dir Kathleen Daley vorstellen«, sagte er. »Sie ist nach Hell's Bluff gekommen, um Anstandsdame für uns zu spielen. Rafe war so freundlich, auf ihre Dienste zu verzichten, um uns in dieser schwierigen Lage auszuhelfen.« Leise Ironie klang in seiner Stimme mit, und Sierra mußte ein Lächeln unterdrücken. »Ich bin sicher, daß ich mich irgendwann dafür revanchieren kann.«

Kathleen trat lächelnd auf Sierra zu und reichte ihr die Hand. »Es ist mir ein Vergnügen, Miss Sierra.« Ein leises Lispeln haftete ihrer Stimme an. »Machen Sie sich keine Sorgen. Jetzt, wo ich hier bin, wird niemand Anstoß daran nehmen, daß Sie unter Mr. Yorks Dach leben. Und sollte es so sein, schlage ich demjenigen den Kopf ab.«

»Danke.« Sierra runzelte verwirrt die Stirn, als ihre Hand mit Begeisterung geschüttelt wurde. »Das ist sehr freundlich von Ihnen, aber . . .«

»Es ist das Mindeste, was ich tun kann«, unterbrach Kathleen fröhlich. »Ich weiß, daß Mr. York nie etwas zu Mr. Rafe gesagt hätte, wenn er mich nicht wirklich ganz dringend gebraucht hätte.« Sie maß York mit einem zärtlichen Blick. »Er war schon immer so ein großzügiger Junge.« Und York errötete, stellte Sierra belustigt fest.

Unmut und Verlegenheit ließen Yorks Stimme rauher als gewohnt klingen. »Kath, verdammt, das klingt, als ob . . .« Er brach ab, als er Kathleens liebevollem Blick begegnete. Dann lächelte er, so warm, daß es Sierras Herz rührte. »Wir brauchen dich immer, Kath, das weißt du. Du und Bridget, ich haltet das Familienschiff auf Kurs.«

Lieber Himmel, dachte Sierra, wie soll ich ihn *nicht* lieben, wenn er solche Dinge sagt? Er war gut, rücksichtsvoll und schön. Liebhaber und Krieger, Vater und Bruder. Er war so vieles, und alles davon war hell und wunderbar.

Sie sah, daß Kathleen es auch so empfand. Eine leise Röte stieg der Haushälterin in die Wangen und machte ihr Gesicht noch weicher. »Ich werde Sie nicht enttäuschen, Mr. York. Das habe ich noch nie getan, oder?«

Er schüttelte den Kopf. »Nein, nie, Kath. Aber warum gehst du jetzt nicht nach oben und ruhst dich aus? Ich bringe dir gleich den Koffer hinauf.«

Kathleen schüttelte den Kopf, so heftig, daß ihre Haarkrone bebte. »Ich bin kein bißchen müde. Sobald ich mich umgezogen habe, komme ich hinunter und mache euch einen leckeren Braten zum Lunch.«

York riß bestürzt die Augen auf. »Nein, das ist nicht nötig, Kath. Wir möchten dich auf keinen Fall mit Kochen belasten. Ich lasse uns das Essen einfach weiter aus der Kantine herüberschicken. Es ist genug, daß du gekommen bist, als ich dich brauchte.«

»Unsinn. Anstandsdame zu sein ist keine Aufgabe. Ich beschäftige mich lieber, während ich hier bin. Vielleicht koche ich euch sogar einen Pudding aus Tapiokamehl. Sie haben meine Puddings immer gern gegessen, Mr. York.«

York war blaß geworden. »Ja, das stimmt.« Er warf Sierra einen verzweifelten Blick zu. »Aber Sierra kann keinen Pudding ausstehen, nicht wahr, Sierra?«

»Was?« Er starrte sie derart drohend an, daß es ihr

schwerfiel, eine ernste Miene zu bewahren. »Nun ja, es stimmt, ich mag nicht gerne Pudding.«

Kathleen nickte. »Also keinen Pudding. Ich koche dann irgendwann einen für Mr. York. Aber dafür backe ich ein Ingwerbrot. Mögen Sie Ingwerbrot, Miss Sierra?«

»Nur Sierra«, berichtigte sie Kathleen. »Und ich mag Ingwerbrot sehr gern.«

Kathleen maß sie mit einem nachdenklichen Blick. »Nein, ich glaube, es muß unbedingt *Miss Sierra* heißen«, erklärte sie mit einem geheimnisvollen Lächeln. »Es wird ein schöner Frühling werden, nicht wahr?« fügte sie hinzu und ging ins Haus, ohne eine Antwort abzuwarten.

Als die Tür hinter ihr zufiel, wandte sich Sierra an York. »Wie ist das Ingwerbrot?«

»Fast so ungenießbar wie der Tapiokupudding. Du hättest es auch gleich auf die schwarze Liste setzen sollen.«

Sierra schüttelte den Kopf. »Das hätte sie nicht geglaubt. Ingwerbrot ist so herrlich . . . gemütlich. Außerdem kann ich mir nicht vorstellen, wie es ihr gelingen sollte, Ingwerbrot zu verderben.«

»Ha, du wirst schon sehen! Ich rufe Deuce an, damit er Magentabletten aus der Apotheke mitbringt.«

»So eine schlechte Köchin kann sie doch nicht sein«, widersprach Sierra. »Ich mag sie.«

»Und ich liebe sie«, gab York lächelnd zu. »Als wir Kinder waren, spielte Kathleen mit uns und deckte uns, wenn wir irgend etwas angestellt hatten. Wir waren alle ganz verrückt nach ihr.« Dann verzog er das Gesicht. »Aber ich schwöre dir, daß die Spanische Inquisition sie gut hätte gebrauchen können. Ein Bissen von ihrem

Ingwerbrot, und das Opfer hätte alles gestanden, nur um sich einen weiteren Bissen zu ersparen.«

Sierra lachte. »Dann werden wir wohl alle auf Diät gesetzt.«

York nickte zustimmend, dann schüttelte er den Kopf. »Nein, du nicht. Du brauchst vernünftige Mahlzeiten. Ich lasse dir von Deuce etwas hereinschmuggeln.«

»Das wird nicht nötig sein. Ich bleibe nicht mehr lange hier. Kathleens Ankunft hat nicht viel geändert, York.«

»Oh, doch!« widersprach er entschieden. »Ich bin zwar nicht sicher, was Rafe mit seiner Einmischung bezweckt, aber diesmal ist sie wenigstens von Vorteil für mich. Kathleen wird eine phantastische Anstandsdame sein. Ich bin sicher, daß sie mich von deinem Bett fernzuhalten versteht, solange sie hier ist. Wenn du bereit bist, zu bleiben, bis wir wissen, ob du schwanger bist oder nicht, bleibe ich auch. Bitte, Sierra – es ist sehr wichtig für mich.«

Er ist reizend, dachte Sierra gerührt. Sie wollte ihn gar nicht verlassen. Vielleicht bestand doch noch Hoffnung, daß er akzeptierte, was zwischen ihnen war, wenn sie ihm ein bißchen mehr Zeit ließ. »Also gut«, sagte sie. »Ich bleibe.«

York atmete erleichtert auf und streckte die Hand aus, um das weiche Haar an ihrer Stirn zu berühren. »Danke, Sierra. Ich werde mich bemühen, dich so wenig wie möglich zu belästigen.«

Sie versuchte zu lächeln, aber ihre Lippen zitterten. »Bist du sicher, daß du dich nicht nur vor Kathleens Mahlzeiten drücken willst?«

York strich sanft über ihre Wange. »Ganz sicher.« Seine Augen funkelten vergnügt. »Dich zu sehen ist weit gefährlicher als Kathleens Kochkünste. Magenschmerzen sind nicht mit Herzweh zu vergleichen. Laß es dir von jemand gesagt sein, der es weiß.« Er ließ seine Hand sinken. »Und jetzt verschwinde ich besser, denn meine Willenskraft läßt allmählich nach. Ich gehe ins Büro. Sag Kathleen, daß ich zum Abendessen zurück bin.«

Sierra folgte ihm bis zur Verandatreppe. Dort schaute er sich noch einmal nach ihr um. »Sieh mich nicht so an«, sagte er rauh. »Merkst du nicht, daß ich nur dein Bestes will? Ist es nicht besser, dich jetzt zu verlassen als später?«

Sierra antwortete nicht. Sie bekam keinen Ton heraus. Sie konnte ihn nur anschauen, ihn lieben und sich bemühen, den Schmerz zu ignorieren.

Auch Yorks Augen waren dunkel vor Qual. Dann, mit einem verhaltenen Fluch, drehte er sich um und ging zu seinem Jeep.

9

Vier Nächte später zerriß ein schriller Ton die Stille im Haus. Sierra erwachte erschrocken, richtete sich im Bett auf und tastete nach dem Schalter der Nachttischlampe. Dann verstummte das schrille Geräusch abrupt, und sie hörte Stimmen auf dem Korridor.

Sie stand rasch auf, schnappte ihren Morgenmantel und öffnete ihre Schlafzimmertür. York rannte bereits die Treppe hinunter. Das Hemd hing ihm aus der Hose, und sein Haar war zerzaust vom Schlaf.

Deuce erschien in einem eleganten Morgenrock aus

burgunderfarbenem Brokat in einer Schlafzimmertür. »Was ist los, York?« fragte er.

»Shamrock«, antwortete York über die Schulter hinweg. »Ruf den Landeplatz an und sag, sie sollen den Hubschrauber bereithalten.«

»Gut.«

Kathleen trat zu Deuce, als die Haustür hinter York ins Schloß fiel. Ihr rotes Haar fiel ihr lang auf die Schultern. »Mr. Rafe?« Sie befingerte nervös den Kragen ihres geblümten Morgenrocks. »Was ist passiert?«

»Keine Ahnung. York ruft uns an, sobald er die Ranch erreicht hat.« Deuce war schon auf dem Weg ins Arbeitszimmer.

Sierra schüttelte verwirrt den Kopf. »Was ist los?«

»Die Alarmanlage.« Kathleen befeuchtete nervös ihre Lippen. »Das bedeutet Schwierigkeiten.«

»Welche Alarmanlage?«

»Alles, was den Delaneys gehört, ist durch ein spezielles Alarmsystem miteinander verbunden. Wenn Rafe Schwierigkeiten auf der Ranch hat, geht automatisch die Alarmanlage in Hell's Bluff, Killara oder im Delaneyturm los.«

»Vielleicht ist es falscher Alarm«, sagte Sierra beruhigend. Kathleen wirkte so verängstigt, daß Sierra sich auch zu fürchten begann. »So etwas kann vorkommen.«

Katheeln schüttelte den Kopf. »Nein, der Alarm wird zuerst dort ausgelöst, wo die Schwierigkeiten sind, und es bleiben fünf Minuten Zeit, ihn abzustellen. Erst dann läutet es an den anderen Orten. Mr. Rafe hat den Alarm nicht abgestellt, und das heißt, daß etwas passiert sein muß. Er braucht Hilfe. Shamrock muß in Gefahr sein.«

Gefahr. Und York war auf dem Weg dorthin. Eisige Furcht ergriff Sierras Herz. Am liebsten wäre sie York nachgelaufen, um ihn zu begleiten und vor der Gefahr zu schützen. Aber sie wußte, daß es sinnlos war, es zu versuchen. Es war zu spät. Vermutlich saß er schon im Hubschrauber. Deuce hatte recht: York würde anrufen, sobald es möglich war. Hoffentlich vergißt er es nicht, dachte Sierra besorgt.

Sie wandte sich zu Kathleen um und umarmte sie beruhigend. »Gehen Sie wieder schlafen. Es ist mitten in der Nacht. York und Burke sorgen schon dafür, daß Rafe nichts zustößt. Sie passen aufeinander auf, oder haben Sie das vergessen?«

Kathleen schüttelte den Kopf. »Ich könnte jetzt nicht schlafen.«

Sierra wußte, daß auch sie keine Ruhe finden würde. »Dann gehen wir zu Deuce ins Arbeitszimmer und warten. Ich glaube, keiner von uns wird schlafen, bevor York nicht angerufen hat.«

Aber der Anruf kam erst kurz vor Sonnenaufgang. Als das Telefon klingelte, sprang Deuce auf und riß den Hörer vom Apparat. Er lauschte einen Moment, nickte und murmelte etwas. Dann wandte er sich zu Kathleen und Sierra um, die gespannt warteten. »Alles in Ordnung. Es war ein Brand. Ziemlich schlimm anscheinend, aber es wurde niemand verletzt. York kommt im Laufe des Morgens zurück und erzählt uns alles Weitere.«

»Gott sei Dank«, murmelte Kathleen.

Sierra empfand das gleiche. Sie war ganz schwach vor Erleichterung. »Es ist ihm nichts passiert?«

»Keinem von ihnen«, sagte Deuce beruhigend. »Und jetzt schlage ich vor, daß jeder in sein Zimmer geht und noch ein bißchen schläft.«

Sierra stand auf. »Ja.« Sie bezweifelte, daß sie schlafen konnte, aber hier wollte sie auch nicht bleiben. Dazu fühlte sie sich zu verwundbar. Die spannungsgeladenen, angstvollen Stunden hatten all ihre schützenden Barrieren eingerissen, und nun wollte sie allein sein. Sie ging rasch zur Tür. »Gute Nacht – das heißt, guten Morgen.« Dann verließ sie beinahe fluchtartig den Raum.

Kathleen schaute lächelnd auf, als Sierra die Bibliothek betrat. »Sie haben lange geschlafen heute morgen«, sagte sie. »Das war gut, Miss Sierra. Ich hatte schon befürchtet, Sie würden nach der ganzen Aufregung keine Ruhe finden. Die dunklen Ränder unter Ihren Augen gefielen mir gar nicht.«

»Ich habe in letzter Zeit ein bißchen unter Schlaflosigkeit gelitten. Ich vermute, daß es eine Reaktion auf die Vitaminpillen war, die ich genommen habe.«

Sierra setzte sich in einen Ledersessel und schaute zu, wie Kathleen mit einem Staubwedel über die Schränke ging.

»Ich würde sicher besser schlafen«, bemerkte Sierra, »wenn Sie mich bei der Hausarbeit helfen ließen.«

Kathleen schüttelte den Kopf. »Das wäre nicht korrekt. Außerdem brauchen Sie Ihre Kraft. Sie essen ja kaum etwas! Gut, daß ich gekommen bin, sonst lägen Sie sicher schon unter der Erde.«

Sierra wandte verlegen den Blick ab. »Ja, Sie sind im rechten Augenblick gekommen. Aber ich esse auch nicht viel, wenn ich gesund bin. Ist York schon zurückgekommen?«

»Nein.« Kathleen ging mit dem Staubwedel über den Kaminsims. »Aber er müßte jeden Augenblick erscheinen.« Sie rümpfte die Nase. »Vorausgesetzt, die drei sind nicht ins Palavern gekommen. Sie sehen sich so selten, daß es ihnen schwerfällt, sich zu trennen, wenn sie einmal zusammen sind.«

»Die drei Musketiere«, sagte Sierra lächelnd. Sie bezweifelte, daß York es eilig haben würde, zurückzukommen. Seit Kathleen in Hell's Bluff war, gab er sich die größte Mühe, Sierra aus dem Weg zu gehen. Manchmal war sie ihm dankbar dafür, denn die sexuelle und emotionelle Spannung, die entstand, wenn sie zusammen waren, war fast so unerträglich, wie ihn nicht zu sehen.

»Ja, zum Glück«, sagte Kathleen weich. »Sie standen sich schon als Kinder sehr nahe, aber jetzt ist es anders. Jetzt kann Mr. York seinen Brüdern folgen und braucht nicht mehr hinter ihnen herzutrotten.«

»Ich kann mir York nicht vorstellen, wie er hinter jemandem hertrottet.«

»Er konnte es auch nicht. Deshalb war es ja für alle so schwer. Er liebte Killara und seine Familie und hätte so gern auf die gleiche Art dazugehört wie Mr. Burke und Mr. Rafe. Es war nicht leicht für Mr. York, sich mit seiner Krankheit abzufinden und einzusehen, daß er nicht mit den anderen mithalten konnte.«

»Seine Kindheit muß ein einziger Alptraum gewesen sein«, bemerkte Sierra schaudernd. »Kinder begreifen nicht, was es heißt, sterben zu müssen.«

Kathleen schüttelte den Kopf. »Mr. York wußte es sehr gut. Niemand hätte es besser verstanden als er. Er lebte jeden Tag damit. Man sah ihm an, daß er es zu vergessen versuchte, aber irgend etwas erinnerte ihn doch immer wieder daran.« Sie deutete mit dem Staubwedel auf eine Uhr, die auf dem Kaminsims stand. »Haben Sie gemerkt, wie still diese Uhr ist? Kein Gong zeigt die Stunden an, und sie tickt so leise, daß man ein Stethoskop braucht, um es zu hören. Alle Uhren im Haus sind so. York haßt das Ticken von Uhren, seit er ein kleiner Junge war.«

Kathleens blaue Augen nahmen einen entrückten Ausdruck an. »Es gibt eine Uhr auf Killara, die ein Familienerbstück ist. Der alte Shamus brachte sie aus Irland mit. Das Ticken dieser Uhr war so laut, daß es bis in die Eingangshalle zu hören war. Mr. York haßte diese Uhr. Er hat nie etwas davon gesagt, aber manchmal sah ich ihn mit geballten Fäusten vor der Uhr stehen, als betrachtete er das Ticken als Bedrohung. Es brach mir fast das Herz, ihn so zu sehen.«

Das kann ich verstehen, dachte Sierra. Ihre Augen wurden feucht, als sie sich das schöne, sensible Kind vorstellte, das York gewesen sein mußte, wie er vor der Uhr stand, gequält von einem Schicksal, das nicht zu ändern war. »An seiner Stelle hätte ich die Uhr in tausend Stücke zerbrochen.«

Kathleen wandte sich ab und begann geschäftig den Schreibtisch abzustauben. »Komisch, daß Sie es sagen. Jemand stieß die Uhr vom Kaminsims. Seitdem ist sie defekt und hat nie wieder richtig funktioniert.«

»York?«

»Keiner der Jungen wollte sagen, wer es gewesen war, deshalb bestrafte ihre Mutter alle drei.« Kathleen schaute auf. »Aber nicht sehr hart. Mrs. Delaney war eine kluge Frau.«

Heißer Zitronensaft und Rising Stars Silberkette, dachte Sierra. »Ich wünschte, ich hätte sie gekannt. Sie muß ein ganz besonderer Mensch gewesen sein.«

»Das war sie«, stimmte Kathleen leise zu. »Ich war erst fünfzehn, als ich aus Irland nach Killara kam, und so eingeschüchtert, ungeschickt und einsam, daß ich jede Nacht mein Kissen naßweinte. Meine Schwester, Bridget, war immer die Klügere von uns beiden gewesen, und ich wußte, daß ich nie so tüchtig sein würde wie sie. Doch Mrs. Delaney gab mir nie das Gefühl, weniger geschätzt zu werden als Bridget. Ich fand ein Zuhause bei ihnen, und ihre Söhne waren meine Söhne.«

»Ein Zuhause«, murmelte Sierra. »Sie fanden Ihren Platz im Leben.«

»Ja, ich fand meinen Platz.« Kathleen nickte zustimmend. »Ich weiß, daß ich nie wie Bridget sein werde, aber vielleicht besitze auch ich Qualitäten, die sie nie haben wird.«

»Ganz bestimmt.« Sierra ging zu Kathleen. »Ich finde, Sie sind auch ein ganz besonderer Mensch.« Sie küßte Kathleen flüchtig auf die Wange. »Und ich freue mich, daß Sie Ihren Platz gefunden haben. Sie können sich glücklich schätzen.«

»Ich weiß.« Kathleen räusperte sich, um dann hinzuzufügen: »Ich bin hier fertig und kann Ihnen jetzt Ihr Frühstück machen. Kommen Sie mit in die Küche.«

Um Himmels willen, nur das nicht! »Ich habe keinen Hunger, Kathleen.« Sierra suchte fieberhaft nach einer Ausrede. »Ich dachte, ich warte bis zum Mittagessen.«

»Drei Mahlzeiten am Tag.« Kathleen nahm Sierras Arm und zog sie zur Tür. »Kommt nicht in Frage, daß Sie auf das Frühstück verzichten, Miss Sierra. Wie sollen Sie gesund und kräftig werden, damit Mr. York Sie . . .« Sie brach abrupt ab. »Sie brauchen Ihre Kraft.«

Ja, das stimmt, dachte Sierra ergeben. Es wurde immer offensichtlicher für sie, daß sich ihr Aufenthalt in Hell's Bluff seinem Ende näherte. Und dann brauchte sie alle Kraft, die sie aufbringen konnte, aber die würde sie sicher nicht in Kathleens unglücklichen gastronomischen Bemühungen finden. Doch sie wollte Kathleen nicht verletzen und nickte seufzend. »Na gut. Dann esse ich etwas.«

Kathleens strahlendes Lächeln war das Opfer beinahe wert. Sierra schob ihre Hand unter Kathleens Arm. »Aber ich brühe den Kaffee auf«, sagte Sierra. Wenn sie ihn stark genug machte, tötete er vielleicht ihre Geschmacksnerven . . . »Sie tun sowieso viel zu viel. Lassen Sie mich hel . . .« Sie brach ab, als sie Kathleens überraschten Ausruf hörte.

»Mr. York!«

»Ich hatte gehofft, ich könnte mich ungesehen nach oben schleichen«, sagte York lächelnd und schloß die Haustür hinter sich. »Leider bin ich im Moment nicht präsentabel.«

Das war eine mächtige Untertreibung. Yorks Jeans waren rauchgeschwärzt und mit Grasflecken übersät, an seinem khakifarbenen Hemd fehlte der linke Ärmel, und sein linker Oberarm war verbunden.

»Um Himmels willen!« Kathleen schlug die Hände über dem Kopf zusammen. »Sie sehen aus, als hätten Sie mit einem Grizzlybären gekämpft. Was ist mit Ihrem Arm passiert?«

»Nichts.« York schaute sie nicht an. »Es ist nur eine kleine Verletzung. Rafes Tierarzt hat die Wunde gereinigt und verbunden.«

Kathleen schnaubte. »Ha – was versteht ein Tierarzt schon von Brandwunden? Gehen Sie in die Küche und setzen Sie sich hin. Ich habe eine sehr gute Salbe.« Sie begann die Treppe hinaufzugehen. »Miss Sierra, geben Sie ihm ein Glas Brandy, während ich die Salbe hole.«

»Kathleen . . .« York schien zu zögern. Schließlich atmete er tief aus. »Die Salbe nützt mir nichts. Es ist keine Brandwunde.«

Sierra runzelte die Stirn. »Und das Feuer? Sagtest du nicht . . .«

»Ja, es hat gebrannt, und zwar recht schlimm.« York preßte die Lippen zusammen. »Aber das Feuer war eine Zeitlang unsere geringste Sorge.« Er deutete auf den weißen Verband. »Es ist eine Schußwunde.«

»Schußwunde?« Sierra riß entsetzt die Augen auf. »Jemand hat auf dich *geschossen*?«

York nickte, dann lächelte er schief. »Ich bin der Kugel eines Scharfschützen in den Weg gekommen. Rafe und Burke haben zum Glück nichts abgekriegt.«

»Na Gott sei Dank!« sagte Kathleen gefühlvoll. »Aber wie ist das passiert? Haben Sie ihn erwischt?«

York schüttelte den Kopf. »Noch nicht. Er ist uns entkommen.«

»Ein Scharfschütze«, wiederholte Sierra betroffen. »Jemand wollte dich ermorden! Wie kannst du da so gelassen sein?«

»Ich bin nicht gelassen, ich bin wütend wie ein gereizter Bulle. Aber es ist nicht das erste Mal, daß wir Delaneys angegriffen werden. Wir leiten ein weitverzweigtes Unternehmen mit Tausenden von Angestellten, und da ist es nicht verwunderlich, wenn man ab und zu jemandem auf die Füße tritt, ohne es zu wollen. Wir sind an Angriffe gewöhnt. Deshalb haben wir einen firmeneigenen Sicherheitsdienst.«

»Seid ihr auch an *Kugeln* gewöhnt? Dieser Scharfschütze hätte euch umbringen können!«

»Hat er aber nicht. Ich habe es euch doch gesagt – ich bin der Kugel nur in den Weg gekommen. Es war ganz eindeutig Burke, hinter dem der Kerl her war.«

»Diesmal.« Das nächste Mal konnte es York sein. Der

Gedanke versetzte Sierra in Panik. Und wenn er sich nun irrte? Wenn der Mörder zurückkam und ihn . . .

»Sie sollten einen Arzt aufsuchen«, riet Kathleen. »Eine Schußwunde darf man nicht auf die leichte Schulter nehmen.«

»Es ist nur ein Streifschuß. Ein Arzt müßte einen Bericht verfassen, und die Presse würde sich wie Hyänen auf die Nachricht stürzen und sie wahnsinnig aufbauschen. Wir kümmern uns lieber selbst darum. Burke wird Cougar beauftragen, die Sicherheitsmaßnahmen zu verschärfen.«

»Cougar?« fragte Sierra.

»Cougar Jones ist der Sicherheitschef der Delaney-Unternehmen«, erklärte York rasch. »Ein außergewöhnlicher Mann. Du wirst ihn sicher interessant finden.«

»Na schön, wenn Sie keinen Arzt sehen wollen, werde ich mir die Wunde anschauen.« Kathleen ging ein paar Stufen weiter. »Ein Delaney sollte sich nicht von einem Tierarzt behandeln lassen«, murmelte sie vor sich hin. »Wer weiß, was er Mr. York auf die Wunde gestrichen hat!«

York wollte etwas entgegnen, aber dann überlegte er es sich anders und blieb stumm. Es war sinnlos, gegen Kathleens mütterliche Instinkte zu protestieren. Er schaute zu, wie sie hinaufging und oben auf dem Korridor verschwand. »Ich glaube, sie hält einen Tierarzt für eine Art Medizinmann«, sagte er zu Sierra. »Meinst du, ich sollte . . .« Er brach ab. »Du liebe Güte, du bist ja leichenblaß! Was ist los?«

»Nichts. Was soll schon sein?« entgegnete Sierra mit brüchiger Stimme und hob eine zitternde Hand an ihre Kehle. Sie war so eng, daß sie nicht schlucken konnte. »Du wärst fast umgekommen. Es wäre sicher albern, sich darüber aufzuregen . . .« jetzt liefen die Tränen ungehindert über ihre Wangen. »Warum sollte ich . . .«

»Sierra.« Yorks Stimme vibrierte vor Zärtlichkeit. »Weine nicht. Bitte. Du brichst mir das Herz.«

»So?« Sie wünschte, sie besäße die Macht, York Delaneys Herz zu brechen! Ihre Überzeugung, daß er sie liebte, hatte in den letzten Tagen drastisch nachgelassen. »Beachte mich nicht, York. Es ist nur mein verdammtes Waisenkindgesicht. Es wird dich immer wieder . . .«

Er war mit wenigen Schritten bei ihr. »Ich muß dich beachten.« Seine Hand streichelte liebevoll ihre feuchte Wange. »In den letzten Tagen kann ich mich auf nichts anderes konzentrieren.«

»Ich auch nicht.« Sie schmiegte ihre Wange in seine Hand. Er roch nach Rauch und Pferden und Schweiß, aber das störte sie nicht. Am liebsten wäre sie ihr Leben lang so stehengeblieben, eingehüllt von seiner Wärme, seinem Geruch und seiner überschäumenden Lebenskraft. Es schien tausend Jahre her zu sein, seit er sie so liebevoll berührt hatte. »Laß dich bitte nicht wieder verletzen.« Sie schloß gequält die Augen. »Ich könnte es nicht ertragen, York.«

Er schwieg einen Moment, dann sagte er in unsicherem Ton: »Du solltest mich nicht so gern haben, Sierra. Ich bin es nicht wert.«

»Ich kann nichts daran ändern.« Sie hob den Kopf und schaute ihn aus tränenfeuchten Augen an. »Ich kann nichts dagegen tun. Ich habe dich eben gern.« Ihre Stimme wurde eindringlicher. »Ich habe dich *sehr* gern, York, und ich denke nicht daran, mich meiner Gefühle zu schämen.« Sie holte tief Luft und trat einen Schritt zurück. »Es ist ein wunderbares Geschenk von mir an dich, und du bist ein Narr, wenn du es ablehnst. Ich könnte dich so glücklich machen!«

Sie wandte sich zur Treppe. »Natürlich nicht, wenn du so dumm bist, dich umbringen zu lassen. Sieh dich gefälligst vor!« Sie begegnete Kathleen, die die Treppe herunterkam. »Ich glaube, Sie irren sich, Kathleen. Es ist ganz richtig, daß jemand, der das Gehirn eines Vogels besitzt und den Starrsinn eines Esels, sich von einem Tierarzt behandeln läßt!«

Kathleen maß Sierra mit einem vorwurfsvollen Blick. »Also wirklich, Miss Sierra, der Junge ist . . .«

»Ein Idiot«, schnitt Sierra ihr das Wort ab. Ein paar Sekunden später fiel die Schlafzimmertür hinter ihr ins Schloß.

»Hier ist ein Brief für dich«, sagte Deuce zu Sierra, als er ins Wohnzimmer kam. »Er kam heute morgen, deshalb habe ich ihn gleich mitgebracht.« Er reichte ihr einen kitschigen, rot-weiß-blau gestreiften Umschlag. »Ich wußte nicht, ob ich ihn abliefern oder vor ihm salutieren sollte.«

Sierra lächelte nachsichtig. »Er muß von Chester Brady sein. Er sagte mir einmal, jeder sollte patriotische Briefumschläge benutzen. Angeblich hat es einen psychologischen Effekt auf den Empfänger und beeinflußt ihn zu deinen Gunsten. Chester benutzte diese speziellen Umschläge vor allem für Briefe an Gläubiger.«

»Sieht ihm ähnlich.« Deuce schaute zu, wie Sierra den Umschlag öffnete und den Brief überflog. »Gehe ich recht in der Annahme, daß er dich auch zu beeinflussen versucht?«

Sierra nickte. »Er schreibt, er braucht mich. Er hat eine

Liste der Städte beigelegt, in denen die Gruppe sich im kommenden Monat aufhalten wird.«

Deuce verzog das Gesicht. »Irgendwie habe ich das Gefühl, ich hätte den Brief nicht abliefern sollen. York wird sehr verärgert sein.«

»So?« York war schon über eine Woche von Rafes Ranch zurück, und die Lage zwischen ihm und Sierra wurde immer unerträglicher. Sie hatte ihn höchstens ein halbes Dutzend Mal gesehen, und jede dieser Begegnungen war von maßloser Qual überschattet gewesen. »Vielleicht irrst du dich. Ich weiß nicht mehr, was ich denken soll, Deuce.«

»Ich schon. York wird einen Anfall kriegen, wenn er hört, daß du vorhast, zu diesem Sklaventreiber Brady zurückzukehren.« Deuce machte eine Pause. »Das hast du doch vor, oder?«

»Es ist ein verlockendes Angebot. Chester hat die magischen Worte ausgesprochen: Er sagt, er brauchte mich. Was hier leider Gottes nicht der Fall ist. Hier braucht mich keiner.« Sie schaute Deuce bittend an. »Sei so lieb und sag York nichts von dem Brief.«

Deuce schüttelte den Kopf. »Das kann ich nicht, Sierra. Ich bin zwar nicht gerade für meine Loyalität bekannt, aber was ich an Treue besitze, gehört York. Wenn die Einsätze sinken, geht es nicht anders. Aber ich bin bereit, einen Kompromiß zu schließen. York fliegt in einer halben Stunde zu einer Konferenz nach Tucson. Wenn du versprichst, hierzubleiben, bis er zurückkommt und ihm eine Chance zu geben, dich zu seiner Denkweise zu bekehren, sage ich ihm noch nichts von Chesters Brief. Einverstanden?«

Sierra war versucht, Deuces Angebot abzulehnen. Es wäre soviel einfacher gewesen, fortzugehen, während

York in Tucson war. Aber die Entschiedenheit in Deuces Blick ließ ihr keine andere Wahl. Wenn sie nicht auf seinen Vorschlag einging, würde er York sofort über den Brief informieren, und sie konnte sich vorstellen, welche Explosion darauf folgen würde. »Einverstanden.«

»Fein.« Deuce lächelte, und für einen Moment huschte so etwas wie ein zärtliches Lächeln über sein Gesicht. »Du wirst es nicht bereuen. Es ist nicht immer leicht, sich mit neuen Einsichten abzufinden, aber manchmal bleibt einem keine andere Wahl.«

Sierra schaute ihn verblüfft an. Seine Worte hatten irgendeine Erinnerung in ihr wachgerufen . . . aber was? Es wollte ihr nicht einfallen, und sie dachte, daß es wahrscheinlich auch nicht von Bedeutung war. Sicher war es nur ihre Phantasie, die ihr in ihrer Verzweiflung einen Streich gespielt hatte. »Vielleicht hast du recht«, sagte sie zu Deuce. »Aber ich würde mich an deiner Stelle nicht darauf verlassen, daß die Verzögerung sich zu Yorks Gunsten auswirkt.«

Deuce wirkte überrascht. »Ich verlasse mich immer darauf, daß das passiert, was ich erwarte! Man braucht die Ereignisse nur geschickt zu manipulieren wie bei einem Kartenspiel, um die gewünschten Ergebnisse zu erzielen.«

Sierra schüttelte den Kopf. »Ich glaube nicht, daß das auf alle Situationen zutrifft. Fährt York vom Büro aus zum Landeplatz?«

»Nein, er ist oben und zieht sich um. Burke hat es lieber, wenn seine Brüder sich für die Konferenzen stadtfein machen. Und da sie nur viermal im Jahr stattfinden, erfüllt York ihm seinen Wunsch.« Er musterte Sierra nachdenklich. »Ich glaube, ich gehe in die Küche und trinke eine Tasse Kaffee mit Kathleen.

Willst du nicht zu York hinaufgehen und dich von ihm verabschieden, bevor er aufbricht?« Er wartete Sierras Antwort nicht ab, sondern verließ rasch das Zimmer.

Du liebe Güte, dachte sie, Deuce muß wirklich opferbereit sein, wenn er freiwillig Kathleens Kaffee trinkt, um York und mich allein zu lassen! Dabei war Sierra nicht einmal sicher, ob sie York vor seiner Abreise sehen wollte. Wozu auch? Doch als sie seine Schritte auf der Treppe hörte, ging sie rasch in die Halle hinaus.

Sie hatte York noch nie in anderer Garderobe als in Jeans und Sporthemden gesehen. Jetzt trug er einen eleganten schwarzen Anzug, ein blütenweißes Hemd und eine diskret gemusterte graue Krawatte. Sierra hatte plötzlich das Gefühl, einem Fremden gegenüberzustehen.

Auch sein Blick war der eines Fremden – distanziert, wachsam und eine Spur abweisend. »Hallo«, sagte er. »Ich dachte, du wärst bei Kathleen in der Küche.«

»Nein.« Etwas anderes fiel ihr nicht ein. Sie fühlte sich gehemmt und verlegen. Wie konnte sie diesen Fremden lieben? Und doch war es so, und der Gedanke erfüllte sie mit Qual. »Nein, ich bin hier.« Wie albern! Sie befeuchtete ihre Lippen. »Das heißt, ich wollte mich von dir verabschieden. Deuce sagte, du fliegst nach Tucson. Bleibst du über Nacht fort?«

»Möglich. Ich weiß es noch nicht. Die Konferenz dauert gewöhnlich nur zwei Stunden, aber vielleicht bleibe ich noch ein, zwei Tage in Burkes Penthouse. Ich brauche einen Szenenwechsel.« Er schaute Sierra offen an. »Ich habe dir ja gesagt, wie ich bin.«

»*Gewarnt*, wäre das richtigere Wort«, entgegnete sie spitz. »Ja, ich erinnere mich an deine Warnung. Ich erinnere mich an alles, was du je zu mir gesagt hast.«

Und an jede Berührung, jedes Lächeln, jeden Blick, dachte Sierra. Sie wußte jetzt, daß sie ein Leben lang unter diesen Erinnerungen leiden würde.

Ein gequälter Ausdruck erschien sekundenlang in Yorks Augen, dann wandte er sich ab. »Ich muß gehen. Der Hubschrauber wartet schon mit laufendem Motor auf mich. Wir sehen uns, wenn ich zurückkomme.« Er nickte Sierra zu und ging zur Tür.

»York.«

Er blickte sich über die Schulter um.

»Sei vorsichtig. Immer, wenn ihr drei Delaneys zusammen seid, passiert etwas.«

»Mach dir keine Sorgen. Seit Shamrock ist dieser verrückte Scharfschütze nicht mehr aufgetaucht. Auf Wiedersehen, Sierra.«

Er ging tatsächlich. Er ging hinaus und *verließ* sie. Die Enttäuschung darüber und die Wut, die in Sierra erwachte, ließen sie ihre Unsicherheit vergessen. Ihr Herz klopfte schneller vor Zorn, und das Blut pulsierte wie wild durch ihre Adern.

Sie rannte aus dem Haus. York befand sich bereits auf dem Weg zu seinem Wagen. »Bleib sofort stehen!« schrie sie ihm mit wutbebender Stimme nach. »Hörst du? Wage es bloß nicht, vor mir davonzulaufen! Es ist der reinste Wahnsinn, York. Ich halte es nicht mehr aus.«

Er blieb stehen und drehte sich zu ihr um. »Sierra . . .«

»Hör auf mit ›Sierra‹!« Ihre Augen funkelten in ihrem blassen Gesicht. »Was ist so verdammt schwer daran? Ich liebe dich, und ich glaube, du liebst mich auch.«

»Das steht hier nicht zur Diskussion, Sierra«, entgegnete York müde. »Die Frage ist, ob ich . . .«

»Rede keinen Unsinn. Sag es, verdammt! *Sag*, daß du mich liebst.«

Plötzlich funkelten auch seine Augen zornig. »Na schön – ich liebe dich.« Er kam zu ihr zurück. »Ich liebe dich so sehr, daß ich weder essen noch schlafen kann. Ich liebe dich so sehr, daß es mir die Eingeweide zerreißt.« Er legte ihr die Hände auf die Schultern und riß sie so hart an sich, daß es beinahe schmerzte. »Lieber Himmel, ja, ich liebe dich!« Sein Mund schloß sich besitzergreifend über ihre Lippen, und ihr wurde schwindlig unter seinem Kuß. Dann ließ er sie abrupt los und rannte zur Garage zurück. »Aber es ändert nichts«, rief er ihr noch zu.

Sierra starrte ihm betroffen nach. Sie hörte, wie er den Motor anließ und sah den Jeep rückwärts in die Einfahrt biegen. Das riß Sierra aus ihrer Trance. Sie rannte zum Terrassenrand. »Natürlich ändert es etwas!« schrie sie York nach. »Hör zu, York! Es ändert alles!« Aber der Jeep war bereits ein gutes Stück entfernt, und wenn York sie gehört hatte, zog er es vor, nichts zu erwidern. Und dann war er aus ihrem Blickfeld verschwunden.

Sierra keuchte vor Erregung und fühlte sich herrlich lebendig. Nach zwei langen, hoffnungslosen Wochen hatte sie nun etwas, woran sie sich klammern konnte. Solange York sie liebte, hatte sie eine Chance, und daß er sie liebte, war ihr erst in diesem Augenblick so richtig bewußt geworden. Sie war viel zu sehr an Enttäuschungen gewöhnt gewesen, um sich eingeredet zu haben, ihr Traum könne sich verwirklichen. Aber jetzt *wußte* sie, daß York sie liebte. Sie hatten eine Chance, und sie dachte nicht daran, sie entgleiten zu lassen. Baldachinbetten waren nicht schlecht, aber York Delaney war besser.

Warum ist er bloß so sicher, daß es kein gemeinsames Leben für uns geben kann? fragte sie sich erstaunt. Er schien überzeugt zu sein, eines Tages fortzugehen und Sierra zu verlassen, und anscheinend konnte ihn nichts von dieser Überzeugung abbringen. Es muß doch etwas geben, womit ich ihn umstimmen kann, dachte Sierra. Aber dazu mußte sie zuerst seine Denkweise verstehen.

Langsam wandte sie sich um und setzte sich auf eine Schaukel. Sie lehnte sich zurück und betrachtete sinnend die Stadt – Yorks Stadt. Wieder glaubte sie, sich an etwas zu erinnern, und diesmal stellte sie den Gedanken nicht zurück, sondern konzentrierte sich darauf, zu ergründen, was es war.

Hell's Bluff – meine Art von Stadt, hatte York gesagt. Heute hier, morgen fort. Wie ich.

Das war's! Sierra richtete sich erregt auf. Es war so klar. Warum war sie nicht schon früher auf die Lösung des Rätsels gekommen? Deuce und Kathleen hatten ihr genug Hinweise gegeben, und York selbst auch.

Sie sprang auf und lief ins Haus. »Deuce!« rief sie, während sie die Treppe hinaufeilte.

Deuce kam aus der Küche in die Halle. Er schaute zu Sierra auf und stellte dann vorsichtig die volle Kaffeetasse ab, die er in der Hand hielt. »Gerade noch davongekommen«, sagte er nüchtern. »Was kann ich für dich tun?«

Sierra blieb auf dem Treppenabsatz stehen. »Kannst du mir einen Hubschrauber besorgen? Jetzt gleich? Ich muß irgendwohin.«

Deuce machte ein mißtrauisches Gesicht. »Hast du unsere Abmachung vergessen, Sierra?«

»Nein. Ich laufe nicht davon. Im Gegenteil – ich möchte, daß du mich begleitest. Kannst du uns einen Hubschrauber besorgen?«

Er nickte bedächtig. »Es wird eine Stunde oder zwei

dauern, bis wir einen aus Tucson bekommen. Reicht dir das?«

Sierra nickte. »Phantastisch. Vielen Dank, Deuce.«

»Darf ich fragen, wohin wir fliegen?«

Sierra warf einen Blick auf das Porträt von Rising Star an der Wand hinter ihr. Bildete sie es sich nur ein, oder lächelte die Apachenfrau tatsächlich? »Wo alles begann«, antwortete Sierra leise. »Nach Killara.«

10

Deuce sah York durch das Wasser kraulen; seine Arme bewegten sich wie die Schaufeln einer Dampfmaschine. Auch die weiße Schaumspur, die York hinter sich zurückließ, erinnerte Deuce an Wasserdampf.

Vorsichtig, um nicht auszurutschen, ging er über die nassen Kacheln zum Beckenrand, wo York auftauchen mußte. Deuce ahnte, wie Yorks Reaktion sein würde, wenn er ihn sah, und bereitete sich innerlich darauf vor. Er sollte nicht enttäuscht werden.

»Was, zum Teufel, machst du hier?« erkundigte York sich stirnrunzelnd. Er zog sich aus dem Becken und hockte sich auf den Rand. »Ich habe dir doch gesagt, du sollst bei Sierra bleiben!«

»Das ist richtig.« Deuce warf ihm ein Handtuch zu und hockte sich neben ihn. »Aber Sierra hatte eine andere Idee. Sie schickte mich zu dir. Und ich bin zwei Stunden in diesem verrückten Bürogebäude, das ihr Delaneyturm nennt, herumgelaufen und habe dich gesucht. Auf der

Direktionsetage erfuhr ich von der Krise, die ihr drei heute durchgemacht habt, und dann versuchte ich es im Penthouse, aber da warst du auch nicht. Ich habe dann im Restaurant nachgesucht und bin schließlich hier in die Sporthalle gekommen.« Deuce preßte ärgerlich die Lippen zusammen. »Du hättest jemandem sagen können, wo du warst. Ich bin schließlich kein Spürhund. Ich . . .«

»Laß es gut sein Deuce«, unterbrach York ihn müde. »Glaub mir, ich hatte heute schon genug Streß, ohne mir auch noch deine Sticheleien anzuhören.«

»Was ist hier eigentlich passiert? Polizei und . . .«

York hob die Hand, um ihn zum Schweigen zu bringen. »Das erzähle ich dir später. Es war die Hölle, Deuce, und deshalb habe ich keine Lust, jetzt darüber zu sprechen. Du hast mich gefunden. Welche Nachricht sollst du mir von Sierra überbringen?«

»Nun, eine Nachricht ist es nicht direkt – eher ein Notruf.«

York, der gerade sein nasses Haar frottierte, verharrte in der Bewegung. Seine Augen verdunkelten sich vor Sorge. »Was soll das heißen? Was ist los mit ihr? Ist sie wieder krank geworden?«

»Beruhige dich. Reg dich nicht gleich auf. Ich habe nicht gesagt, sie wäre krank.« Deuce schaute nachdenklich zur anderen Seite des Schwimmbeckens hinüber. »Aber natürlich habe ich auch nicht gesagt, sie wäre es *nicht*, oder?«

»Verdammt, Deuce, hör mit deinen Spielchen auf!« sagte York verärgert. »Wenn du mir nicht auf der Stelle sagst, warum sie will, daß ich nach Hell's Bluff zurückkomme, landest du im Swimming-pool!«

»Aber sie ist doch gar nicht in Hell's Bluff! Sie reiste schon kurz nach dir ab.«

Die Nachricht traf York wie ein Schock. Ich hätte damit rechnen müssen, sagte er sich bestürzt. Aber der emotionelle Aufruhr, der ihn beherrschte, hatte ihn keinen klaren Gedanken fassen lassen. Zum Glück war sie wenigstens nicht verschwunden, wie er zunächst befürchtet hatte, denn Deuce schien zu wissen, wo sie war. Er brachte die Worte kaum über die Lippen: »Wo ist sie?«

»Habe ich dir schon gesagt, daß sie heute morgen einen Brief von Chester Brady bekam?« fragte Deuce gedehnt und ohne York anzuschauen. »Nein? Wie konnte ich das bloß vergessen?«

»Brady!« York ließ das Handtuch fallen und sprang auf. »Hast du sie etwa zu Brady zurückkehren lassen? Willst du zusehen, wie sie sich zu Tode schuftet?«

»Du scheinst nicht zu begreifen, York, daß jeder Mensch das Recht hat, sein Schicksal selbst zu bestimmen. Du kannst Sierra nicht vor etwas bewahren, wovor sie nicht bewahrt werden will.« Er machte eine kurze Pause. »In Sierras Fall bleibt dir gar nichts anderes übrig, als sie ihre eigenen Wege gehen zu lassen. Du hast ihr deutlich genug zu verstehen gegeben, daß du dich nicht an sie binden willst. Beides kannst du nicht haben, York.«

»Wo ist sie?«

»Sierra ist sehr unabhängig und akzeptiert keine solchen Unklarheiten. Das hättest du eigentlich selbst merken müssen . . . York! Verdammt, laß mich 'runter!«

York trat näher an den Pool heran und hielt Deuce über das Wasser. »Wo ist sie?«

»Na schön. Wenn du unbedingt rohe Kraft benutzen

mußt, bleibt mir nichts anderes übrig, als dir den Rest meines Vortrags zu ersparen. Schade. Ich kam gerade so richtig in Fahrt. Laß mich 'runter.«

Als York Deuce auf die Füße zurückstellte, richtete Deuce umständlich sein Hemd, das aus der Hose gerutscht war. »Ich habe nicht gesagt, daß sie bei Bradys Truppe ist, nur, daß die Möglichkeit besteht.«

»Deuce«, sagte York drohend, »ich bringe dich um . . .!«

Deuce trat schnell einen Schritt zurück. »Sie wartet in Killara auf dich. Nicht im Haus selbst, sondern in den Hügeln, von denen man das ganze Land überschauen kann. Sie bat mich, sie dort abzusetzen.«

»Killara! Was will sie in Killara?«

»Das hat sie mir nicht gesagt. Sie bat mich nur, dir auszurichten, daß du zu ihr kommen sollst. Fährst du hin?«

»Selbstverständlich! Du hast sie allein in den Hügeln zurückgelassen? Stell dir vor, was ihr dort alles zustoßen könnte! Seit wir sie kennen, hat sie eine Lungenentzündung gehabt, ist fast von einer Python erdrosselt worden, nur knapp einer Vergewaltigung in einem Bordell entkommen und von einem Trapez gesprungen!« York wandte sich ab und ging auf die Umkleideräume zu. »Ich wage nicht, mir auszudenken, was sonst noch alles am Horizont lauert.«

»Hm.« Deuce lächelte zufrieden. »Jetzt, wo du es sagst, fällt mir ein, daß ich vom Hubschrauber aus ein graues Tier durch die Hügel streichen sah. Gibt es eigentlich Wölfe dort?«

York murmelte eine Verwünschung, aber seine Schritte wurden zusehends schneller.

Deuce grinste erfreut, straffte die Schulter und eilte

York nach. Er hätte gnädiger mit ihm umgehen können, aber andererseits konnte York eine Lektion vertragen. Es gab viele Mittel, die einem Mann wie Deuce zur Verfügung standen, wenn er sich mit der brutalen Kraft der Goliathe dieser Welt auseinandersetzen mußte! Und Deuce hatte sie alle gelernt.

Die Sonne ging schon unter, als York Killara erreichte.

Sierra saß auf der Kuppe eines grasbewachsenen Hügels, die Arme locker um ihre angezogenen Beine verschränkt. Sie schaute nachdenklich zum Wohnhaus hinüber, das vor der prachtvollen Silhouette der Dragoonberge stand. Als der Helikopter zur Landung ansetzte, hob sie den Kopf und winkte fröhlich. York warf Deuce einen ärgerlichen Blick zu.

»Kein Wolf zu sehen«, bemerkte York. »Erstaunlich, nicht?«

Deuce erwiderte Yorks Blick mit unschuldiger Miene. »Dann habe ich mich eben geirrt. Was erwartest du schon von einem einäugigen Anfänger wie mir?«

»Schikane, Betrug, Bosheit«, zählte York mürrisch auf. »Willst du noch mehr hören?«

»Nein, bitte nicht. Du bringst mich zum Erröten«, erwiderte Deuce lächelnd. »Sie wartet auf dich. Wenn ich es nicht besser wüßte, würde ich annehmen, daß York, der Drachentöter, ein bißchen nervös ist.«

York öffnete die Hubschraubertür und sprang auf die Erde. »Warte hier auf uns. Ich bringe sie nach Hell's Bluff zurück.«

Sierra holte tief Atem, als sie York auf sich zukommen sah. Langsam stand sie auf und wischte die Hände an ihren Jeans ab. Es nützte nicht viel, sie blieben feucht und kalt vor Nervosität.

York hatte sich umgezogen. Er trug jetzt nicht mehr seinen Anzug, sondern die gewohnten Jeans und ein leichtes Baumwollhemd. Zum Glück sieht er wenigstens nicht mehr wie ein Fremder aus, dachte Sierra erleichtert.

Er blieb vor ihr stehen und streckte die Hand aus. »Komm, wir fliegen nach Hell's Bluff zurück. Was fällt dir ein, dich von Deuce in dieser gottverlassenen Wildnis absetzen zu lassen? Wenn du Killara sehen wolltest, hättest du es mir auch sagen können. Wir können nächste Woche zum Dinner hinüberfliegen.«

Sierra schüttelte den Kopf. »Nein, York. Jetzt. Und keinen Höflichkeitsbesuch. Es wird Zeit, daß du heimkehrst.«

»Ich weiß nicht, was du damit sagen willst«, entgegnete er stirnrunzelnd. »Und ich glaube, du weißt es auch . . .« Das Aufheulen des Hubschraubermotors erstickte seine nächsten Worte. York drehte sich um und sah, daß der Pilot die Maschine gestartet hatte und Deuce ihm fröhlich zuwinkte. »Was soll das denn heißen? Ich habe ihnen gesagt, sie sollten auf uns warten!«

»Und ich habe Deuce gebeten, uns allein zu lassen, nachdem er dich abgesetzt hatte. Anscheinend war ich überzeugender als du. Er weiß, daß ich mit dir allein sein will.«

Ihre Lippen waren vor Nervosität wie ausgetrocknet, und sie befeuchtete sie rasch. »Du sagtest, du weißt nicht, was ich damit sagen wollte«, nahm sie den Faden wieder auf. »Aber du irrst dich, York. Ich weiß es sehr gut, nur hat es lange gedauert, bis ich das Problem erkannte. Fast hätte ich aufgegeben und deine Vision der Lage akzeptiert.«

Sie lächelte. »Ich glaube, das war ganz natürlich. Mein Selbstbewußtsein war nicht überwältigend, und deshalb war es nicht schwer, mir einzureden, ich sei nicht Frau genug, um dich zu halten.«

»Um Himmels willen, Sierra, das habe ich nie gesagt!« York trat impulsiv einen Schritt vor. »Ich weiß nicht, wie du auf die Idee kommst, ich könnte je aufhören, dich zu lieben. Du verkörperst all das, was ich mir bei einer Frau wünsche – du bist Freundin und Geliebte zugleich.«

Sierra war so erleichtert, daß ihr der Atem stockte und sie für einen Moment nicht sprechen konnte. »Das freut mich«, sagte sie dann atemlos. »Es wird mir alles andere sehr erleichtern.«

Ihre dunklen Augen betrachteten ihn mit einer solchen Intensität, daß York ein dejá-vu-Erlebnis hatte. In jener ersten Nacht in seinem Arbeitszimmer hatte sie ihn auch so angeschaut, und schon damals hatte er ihr die Welt zu Füßen legen wollen. Jetzt erging es ihm nicht anders. »Was willst du von mir, Sierra?« fragte er sanft. »Warum bist du hier?«

»Ich will nichts von dir. Du hast mir schon gegeben, was ich wollte. Du liebst mich.« Ihr Lächeln war so strahlend, daß es ihm den Atem raubte. »Ich wollte dir etwas geben.«

»Was?«

»Dein Zuhause.« Sie zeigte auf das Tal unter ihnen. »Killara.«

»Du hast mir einmal gesagt, ich trüge mein Zuhause mit mir herum.«

»Das stimmt, aber das war auch Killara. Ich wußte es nur damals nicht«, erklärte sie ernst. »Und du wahrscheinlich auch nicht. Deshalb willst du nicht nehmen, was du dir wünschst. Deshalb gibst du uns keine Chance. Du willst nicht akzeptieren, daß du ein Recht auf ein Zuhause besitzt.«

York beugte sich gespannt vor. »Ich weiß nicht, was du meinst.«

»Doch, das weißt du. Denk darüber nach. Es paßt alles zusammen. Weißt du noch, wie du mir erzählt hast, wie deine Reaktion war, als du erfuhrst, daß du doch nicht sterben mußtest? Du sagtest, du wärst sehr wild geworden und völlig aus dem Gleichgewicht geraten, weil du nicht an Wunder glauben konntest. Und als Kathleen mir von der Uhr erzählte, die du zerbrochen hast . . .«

»Sie hat gesagt, ich hätte sie zerbrochen?« warf York ein. »Das ist nicht wahr. Ich habe das verdammte Ding nicht zerbrochen.«

»Nein?« Sierra war überrascht. »Nun ja, Kathleen hat nicht direkt gesagt, daß du es warst. Ich nahm es nur an . . .« Sie zuckte die Schultern. »Aber das macht auch nichts. Sie sagte, du hättest mit der Vorstellung gekämpft, nie ein echter Bestandteil von Killara sein zu können, und daß es sehr lange dauerte, bis du es endlich akzeptieren konntest.«

Sierra machte eine kurze Pause. »Aber irgendwann hast du es akzeptiert, nicht wahr? Es blieb dir nichts anderes übrig, weil der Schmerz sonst nicht zu ertragen gewesen wäre. Dann kam die Heilung, und du stelltest fest, daß alles, was du akzeptiert hattest, eine Lüge gewesen war. Plötzlich konntest du Bruder sein, Sohn, Partner auf Killara und alles, was du dir immer gewünscht hattest.«

Sie lächelte traurig. »Aber es war zu spät. Deuce sagte einmal, späte Einsichten seien schwer anzunehmen, und er hat ganz recht. Du konntest dich nicht von der Überzeugung befreien, nicht zu Killara zu gehören und kein Recht auf Leben zu besitzen. Deshalb bist du fortgegangen von deiner Familie und hast ein Leben geführt, das du akzeptieren konntest. Und selbst als deine Liebe zu deiner Familie und Killara dich zu ihnen zurückführte, hast du etwas von dir zurückgehalten. Du hast dir eine Geisterstadt gebaut, ohne Wurzeln und mit einem Fragezeichen, was ihre Zukunft betrifft. Heute hier, morgen fort.«

Sie seufzte. »Verstehst du jetzt, was ich meine? Du wirst immer ein solches Leben führen, solange du nicht einsiehst, daß du ein Recht auf alles hast, was Rafe und Burke besitzen. Oh, ich meine damit nicht Geld oder materielle Dinge, sondern das Gefühl, *dazuzugehören*. Ein Zuhause zu besitzen, York. Einen festen Platz im Leben.«

Yorks Augen glitzerten verdächtig. »Du hast ausgiebig darüber nachgedacht, was?« fragte er mit heiserer Stimme. »Und wenn du dich nun irrst? Wenn es zu meiner Natur gehört?«

»Ich irre mich nicht«, entgegnete Sierra zuversichtlich. »Aber falls es so ist, macht es auch nichts. Du wirst mich nicht mehr los, York. Ich folge dir nach Hell's Bluff oder in den Kongo, wenn es sein muß.« Sie lächelte zärtlich. »Oder nach Killara. Du brauchst es nur zu sagen. Denn, weißt du, ich habe jetzt auch meinen Platz gefunden. Ein Killara werde ich nie besitzen, aber dafür habe ich, was in mir ist.« Sie trat einen Schritt vor und schlang York die Arme um die Taille, schmiegte sich an seine Brust und rieb zärtlich ihre Wange an seinem Hemd. »Und ich habe dich, York. Liebe ist auch ein Heim.«

York rührte sich nicht. Dann zog er Sierra in die Arme und drückte sie an sich. Er preßte seine Wange an ihre Schläfe, und Sierra spürte, daß sie feucht vor Tränen war. »Ja, Liebe ist auch ein Heim.« Seine großen Hände bebten, als er ihr sanft über das Haar strich. »Ich brauche Killara nicht, Sierra. Nicht, solange ich dich habe. Ich könnte dich nicht gehen lassen. Nie! Ich versuchte mir einzureden, daß ich es tun müsse, aber ich glaube nicht . . .« Seine Stimme brach. »Gott, wie ich dich liebe!«

»Du hast uns beide ganz schön unglücklich gemacht, solange du dich dagegen wehrtest«, murmelte Sierra. »Gut, daß ich rechtzeitig zur Besinnung gekommen bin. Denn auch ich hatte einige Kämpfe mit mir auszufechten, das kannst du mir glauben. Pfauen wirken sehr beeindruckend auf kleine braune Hennen.«

»Du bist keine braune Henne.« Er schob sie von sich ab, um sie anzusehen. Sein Gesicht glühte vor Freude, und ein mutwilliges Lächeln spielte um seinen Mund. »Du bist ein Flamingo, Sierra.« Er umfaßte ihre Taille und hob Sierra auf, um sie wie wild im Kreis herumzuschwenken. »Du bist eine Nachtigall im Schnee, ein . . .«

Sierra legte ihm lachend einen Finger auf die Lippen. »Ein Pfau?«

York ließ sie an seinem Körper herabgleiten, bis sein Mund auf der Höhe ihrer Lippen war, und küßte sie zärtlich wie nie zuvor. »Ja, ein Pfau«, bestätigte er dann.

»Gut, damit bin ich einverstanden. Wir sind also Pfauen und spreizen unsere Federn, um allgemeine Bewunderung zu erregen.« Sie küßte ihn leicht auf die Lippen, »Wärst du bereit, mir etwas zu verraten – von Pfau zu Pfau?«

»Was?«

»Wer hat die Uhr zerbrochen?«

York lachte. »Das ist ein Familiengeheimnis. Um mir die Einzelheiten dieser Episode zu entlocken, braucht es schon etwas mehr als eine Vogel-zu-Vogel-Beziehung.«

»Wirklich?«

Er nickte. »Rafe, Burke und ich haben auf das Grab des alten Shamus geschworen, es nie zu verraten. Sie hätten kein Verständnis dafür, wenn ich einen Außenseiter einweihen würde.« Er legte ihr zärtlich einen Finger unters Kinn und schaute ihr ernst in die Augen. »Es gibt nur eine Möglichkeit. Du mußt mich heiraten.« Er küßte sie liebevoll. »Dann erzähle ich dir die schockierenden Einzelheiten an unserem Hochzeitstag. Einverstanden?«

»Einverstanden«, flüsterte Sierra. Sie war so glücklich, daß es fast nicht zu ertragen war. »Ich möchte nicht, daß du dein Versprechen brichst. Shamus könnte sonst auf die Idee kommen, durch die geheiligten Hallen von Killara zu geistern.«

»Gut, daß du Respekt vor unserer Familienehre hast, da du jetzt in die Familie aufgenommen werden wirst. Killara hat es schon oft geschafft, Fremde in echte Delaneys zu verwandeln.«

»Wie Rising Star?«

York nickte bedächtig. »Wie Rising Star. Wir werden sie nach Hause bringen müssen. Ich glaube nicht, daß sie noch lange in Hell's Bluff glücklich sein wird.«

Sierra erschrak, aber dann entspannte sie sich. Es war seine Entscheidung. Sie konnte sie ihm nicht abnehmen. »Nein?«

Einen Moment lang schien er etwas verwirrt zu sein. »Ich weiß nicht, ob du recht hast, was mich betrifft. Vielleicht, aber es ist noch zu früh, um es schon zu sagen. Ich weiß nur, daß ich dich immer an meiner Seite haben will, egal, wo ich mich aufhalte. Und ich möchte Killara haben – für dich und unsere Kinder.« Er strich zärtlich mit er Fingerspitze über ihren Wangenknochen.

»Aber ich kann auch ohne Killara leben. Nur nicht ohne dich, Sierra.«

Sie schluckte gerührt und drängte ihre Tränen zurück. »Du wirst uns beide haben. Dafür werde ich schon . . .« Sie brach ab und trat zurück, als sie das Brummen eines Hubschraubers vernahm. Er näherte sich Killara von Westen her und trug das vertraute Shamrockwappen auf der Seitentür. »Deuce?« fragte Sierra verwundert.

York grinste. »Nein. Er würde es nicht wagen, sich den Anordnungen einer so entschiedenen Dame wie Sierra Smith zu widersetzen. Nein, das muß Rafe sein. Burke ist schon vor Stunden nach Killara zurückgeflogen.«

Rafe kehrt nach Killara zurück, dachte York. Während er zuschaute, wie der Helikopter seines Bruders auf die Landebahn zuhielt, stieg eine angenehme Wärme in ihm auf. Es war richtig so. Alle kehrten zur Quelle zurück, aus der sie und Generationen von Delaneys hervorgegangen waren. Es mußte ein Instinkt sein, so alt wie die Natur selbst, der die drei Brüder veranlaßt hatte, sich zur gleichen Zeit auf Killara einzufinden.

»York.« Sierras sanfte Stimme unterbrach seine Überlegungen. Ihre Augen glühten vor Verständnis und Liebe. »Du bist kein Außenseiter mehr. Meinst du nicht, es wäre Zeit, uns zu deinen Brüdern zu gesellen und mir das phantastische Haus zu zeigen, von dem ich schon soviel gehört habe?«

York streckte lächelnd die Hand aus. »Ja.« Dann führte er sie über den steilen, gewundenen Pfad ins Tal hinunter. Killara glänzte im scharlachroten Licht der untergehenden Sonne, wie schon unzählige Sonnenuntergänge zuvor. York wurde es ganz leicht ums Herz, und eine überwältigende Freude erwachte in ihm. *Killara.* Unwillkürlich drückte er die kleine, zarte Hand der Frau, die ihm sein Zuhause zurückgegeben hatte. *Sierra.* »Ja, Liebes«, sagte er. »Es wird Zeit, daß ich dich nach Hause bringe.«

ENDE

Band 58 509

Fayrene Preston

Burke – Der Eroberer

Deutsche Erstveröffentlichung

Sie sind stolz, unbeugsam und gewohnt, immer ihren Willen zu bekommen. Sie sind Männer, wie es sie heute kaum noch gibt – und sie sind die letzten aus dem Clan der Delaneys . . .

Vom ersten Augenblick an ist Burke fasziniert von Cara, von ihrer Schönheit, ihrer unbändigen Freude am Leben. Er muß diese Frau einfach erobern.
Aber Car ist wie ein exotischer, bunter Schmetterling – und genauso schwer einzufangen und zu halten . . .

BASTEI LÜBBE

Sie erhalten diesen Band im Buchhandel, bei Ihrem Zeitschriftenhändler sowie im Bahnhofsbuchhandel.

Die wilden Jahre der Delaneys

BASTEI LÜBBE
Taschenbücher

Die aufregende Geschichte eines Familienclans – von stolzen Männern und schönen Frauen, die sich nur der Liebe beugen . . .

Band 13 348

Michael Blake

Der mit dem Wolf tanzt

AUF SICH ALLEIN GESTELLT
IN EINEM FEINDLICHEN LAND
FAND ER LIEBE,
ZUFRIEDENHEIT UND SELBSTACHTUNG

Alles war großartig. Der weite, wolkenlose Himmel. Die wogende See aus Gras. Der Anblick des bunten Indianerlagers. Und der grimmigen Krieger, die ihm entgegenstarrten, als er mit der verwundeten Frau auf den Armen auf sie zutrat. Würden sie ihm für die Rettung der Frau danken? Oder würden sie den einsamen weißen Soldaten aus dem verlassenen Fort töten?
Lieutenant John Dunbar blieb am Leben. Er verliebte sich in das großartige Land der endlosen Prärie und in das stolze Volk, das darin lebte. Er begann, ihre Gedanken zu denken, ihre Gefühle zu fühlen und ihre Träume zu träumen, und aus John Dunbar wurde DER-MIT-DEM-WOLF-TANZT.

BASTEI LÜBBE

Sie erhalten diesen Band im Buchhandel, bei Ihrem Zeitschriftenhändler sowie im Bahnhofsbuchhandel.